FVA

Die Bücher von Jean-Philippe Toussaint
in der Frankfurter Verlagsanstalt

DAS BADEZIMMER. Roman
DER PHOTOAPPARAT. Roman
FERNSEHEN. Roman
SELBSTPORTRÄT (IN DER FREMDE)
ZIDANES MELANCHOLIE
SICH LIEBEN. Roman
FLIEHEN. Roman
DIE WAHRHEIT ÜBER MARIE. Roman
DIE DRINGLICHKEIT UND DIE GEDULD. Essays
NACKT. Roman
FUSSBALL
M.M.M.M. Eine Romantetralogie
DER USB-STICK. Roman
DIE GEFÜHLE. Roman

Jean-Philippe Toussaint

Die Gefühle

Roman

Aus dem Französischen
von Joachim Unseld

FRANKFURTER VERLAGSANSTALT

Und ich weiß, woher ich komme,
auch wenn ich nicht weiß, wohin ich gehe.

Victor Hugo

I

An dem Tag war es in Brüssel mörderisch heiß. Für Diane und mich waren es die letzten Stunden unseres gemeinsamen Lebens. Seit einigen Wochen redeten wir nicht mehr miteinander. Unsere Ehe, die zehn Jahre gedauert hatte, endete in Kälte und Feindseligkeit. Es war der 23. Juni 2016, der Tag, an dem in Großbritannien das Referendum über den Brexit durchgeführt wurde. Gegen Abend zog in Brüssel ein heftiges Gewitter auf, das von sintflutartigen Regenfällen begleitet wurde. Ich sehe mich, wie ich im Wohnzimmer unseres Apartments in der Rue de Belle-Vue von der Fensterbucht aus den wolkenbruchartigen Regenfall betrachtete. Die Zweige der Weiden bogen sich im Wind. Hin und wieder durchschnitt ein Blitz den Himmel, in der Ferne hörte man das Donnergrollen über den Teichen von Ixelles. Diane saß in dem vom Gewitter verdunkelten Wohnzimmer auf dem Sofa hinter mir und blätterte schweigend in einer

Zeitschrift. Bald sollte sie das Zimmer verlassen, ich hörte, wie sie durch den Flur zum Schlafzimmer ging. Das war unser letzter gemeinsamer Abend in der Wohnung in der Rue de Belle-Vue (meine Entscheidung, die Wohnung zu verlassen und mir nach den Sommerferien eine neue Wohnung zu suchen, war zu diesem Zeitpunkt bereits gefallen).

Wie das Referendum in Großbritannien ausgegangen war, habe ich erst am nächsten Tag aus dem Radio erfahren. Ich hatte am frühen Vormittag ein Treffen bei der Europäischen Kommission. Nach meiner Besprechung verließ ich das Berlaymont und überquerte mit ein paar Kollegen die Rue de la Loi auf dem Weg zum Justus-Lipsius-Gebäude, das sich auf der gegenüberliegenden Straßenseite befindet. Das Justus Lipsius war damals noch der einzige Sitz des Europarates, das neue, vom Architekten Philippe Samyn entworfene »Europa«-Gebäude – jener berühmte ausgehöhlte Kubus aus Glas im Herzen des Europaviertels, der nachts leuchtet – wurde erst Anfang des nächsten Jahres in Betrieb genommen. Im Foyer des Justus Lipsius herrschte weit mehr Betrieb als üblich. Man lief mehreren Fernsehteams über den Weg, und Dutzende Reporter eilten Richtung Pressesaal. Ich habe noch heute den Auftritt des Präsidenten des Europäischen Rates an diesem Tag vor Augen, wie er im Kielwasser eines Haufens von Beratern und Personenschützern entschlossen über den roten Teppich an der Reihe der Flaggen der europäischen Staaten vorbeischritt. Sein Gesicht war ernst, seine Haltung feierlich. Er stieg aufs Podium und begann seine Ansprache ungewohnt ergriffen. »Ich bin mir vollkommen der Schwere der Situation und auch des dramatischen Ausmaßes der Stunde bewusst, die wir gerade erleben. Es ist ein historischer Moment, aber sicherlich nicht der Moment, überstürzt zu reagieren. Die letzten Jahre waren die schwierigsten Jahre unserer Geschichte, aber ich möchte jedem von Ihnen versichern, dass wir bereit sind, uns dieser bedauerlichen Konstellation zu stellen, und ich denke immer an das, was mein Vater zu mir sagte: ›Was dich nicht umbringt, macht dich stärker.‹« Ich beobachtete den Präsidenten des Europäischen Rates bei seiner Ansprache auf dem Podium. In dem Moment, als er seinen Vater erwähnte, überflog seine Augen ein flüchtiger Schleier der Befangenheit, der nur einen Augenblick anhielt. Er deutete ein Lächeln an, das Lächeln eines erwachsenen Mannes, der in der Öffentlichkeit über seinen Vater spricht, mit der gebührenden Bescheidenheit, dem Respekt und der Pietät des Sohnes, und ich konnte nicht umhin, an meinen Vater zu denken, an meinen eigenen Vater, Jean-Yves Detrez, der einmal Europakommissar gewesen war. Seit ich vom Sieg des »Leave« beim britischen Europareferendum erfahren hatte, musste ich daran denken, was er empfunden hätte. Seine Welt, so wie er sie immer gekannt hatte, war ins Wanken geraten. Die Krisen häuften sich in Europa, und überall war der Populismus unerbittlich auf dem Vormarsch. Der Humanismus, den mein Vater immer mit Eifer verteidigt hatte, schien in schlechterem Zustand denn je. Der Brexit war nur der letzte, spektakulärste und der auf die unangenehmste Weise unerwartete Ausdruck dieses tödlichen Niedergangs.

Bis zu welchem Grad kann man etwas vergessen, das einem widerfahren ist? Ich hätte mir vielleicht nie die Frage gestellt, wenn ich nicht einige Monate später auf meinem Handy ein kompromittierendes Foto wiedergefunden hätte. Ich saß in einem Thalys, hatte am Vormittag in Paris an einer Sitzung von Zukunftsforschern teilgenommen und kehrte noch am selben Abend nach Brüssel zurück. Hin und zurück an einem Tag. Ich war müde, der Tag war lang gewesen. Ich ließ mich vom Zug wiegen. In meinen Sitz zurückgelehnt, ließ ich gedankenlos mit dem Daumen Bilder auf meinem Telefon vorbeidefilieren, als ich zufällig auf das Foto einer halbnackten jungen Frau stieß. Es war etwas unscharf und in diesem Sommer in einem Hotelzimmer aufgenommen worden, anlässlich einer Klausurtagung von Zukunftsforschern in Hartwell House unweit von London, an der ich teilgenommen hatte. Ich erinnerte mich nicht mehr an die genaueren Umstände, unter denen das Foto entstanden ist. Ich erinnerte mich nur, am Ende einer Abendgesellschaft mit dieser Frau zusammen gewesen und sehr spät in der Nacht mit ihr die repräsentative Treppe von Hartwell House hinaufgegangen zu sein, aber ich erinnerte mich nicht mehr daran, was danach geschehen war, oder anders gesagt, meine Erinnerungen verflossen von einem bestimmten Zeitpunkt an im Nebel eines alkoholisierten Abends. Kein Zweifel aber, dass das Foto sehr wohl in einem Zimmer der Residenz von Hartwell House aufgenommen wurde, und von wem sonst, wenn nicht von mir, denn schließlich hatte ich es gerade in meinem eigenen Handy gefunden, zu meiner großen Überraschung und zu meinem großen Unbehagen. Ich hatte gleichwohl keinerlei Erinnerung, dass es in dieser Nacht zu irgendeiner Intimität mit dieser jungen Frau gekommen wäre, auch wenn das Foto ein sichtbares Dementi der wackligen Zeugenschaft meines Gedächtnisses zu liefern schien. Es lag ganz offenkundig ein Widerspruch vor zwischen dem, was mir meine Erinnerung sagte, und dem, was das Foto zeigte.

Seit mehreren Jahren organisiert mein Freund und Kollege Peter Atkins diese Treffen in Hartwell House, eine Tagung von Zukunftsforschern, bei der sich die Teilnehmer – politische Entscheidungsträger, Analysten und internationale Experten – eine Woche lang in dem hochherrschaftlichen Rahmen des Hartwell House zusammenfinden, um sich gemeinsam die Zukunft vorzustellen. Die Zukunft war für mich, der ich täglich im Rahmen meiner Arbeit für die Europäische Kommission mit ihr Umgang hatte, ein vollkommen abstrakter Begriff, den ich als Modell darstellen und durch Zahlen ausdrücken konnte. Aber wenn ich auch in meinem beruflichen Leben ganz unbestritten die Zukunft beherrschte, wurde mir bewusst, dass ich seit einiger Zeit die Herrschaft über mein Privatleben verloren hatte. Die Ehe mit Diane war am Zerbrechen, wir waren in eine Ehekrise geraten, deren Ausgang ich nicht absehen konnte. Die Zukunft lag für mich unrettbar im Dunkeln. Ich verfügte nicht über die geeigneten Verfahren, mir vorstellen zu können, was aus uns werden würde. Ich, der ich glaubte, so gut in der Ausübung meines Berufs zu sein, war aller Mittel beraubt, was meine Liebesgeschichte mit Diane betraf. Es ist anzunehmen, dass uns in Herzensangelegenheiten die Zukunftsforschung keine Hilfe leistet – oder anders gesagt, dass es für die Liebe keine Methode gibt.

Als ich in den 1990er-Jahren begann, mich beruflich für die Zukunftsforschung zu interessieren, wurde mir recht schnell klar, dass es dabei einen abgrundtiefen Unterschied zwischen zwei Begriffen gibt, die auf den ersten Blick ähnlich erscheinen können, sogar gleich, die aber nicht von derselben Natur sind, die *öffentliche Zukunft* und die *private Zukunft*. Das Wissen und die Erforschung der öffentlichen Zukunft, also das, was im Zentrum meiner beruflichen Aktivitäten steht, ist Sache einer eigenständigen Disziplin, die wie die Statistik oder die Demografie über einen ganzen Komplex von Techniken und spezifischen methodischen Werkzeugen verfügt. Nach allen Regeln der Kunst angewandt, erlaubt die Zukunftsforschung, die wesentlichen, noch unerkannt in der Gesellschaft schlummernden Veränderungen zu erkennen, bevor sie ans Tageslicht treten, was uns ermöglicht, die großen Hauptlinien der Entwicklungen vorwegzunehmen. Während der Wille oder der Wunsch, die eigene Zukunft zu vorauszusehen, eher eine Sache des Spiritismus und des Hellsehens ist. Hier zieht man also besser eine Kristallkugel oder Tarotkarten zu Rate, um in diese Zukunft zu sehen. Aber will man denn wirklich immer wissen, was die nächsten Tage oder die nächsten Wochen für einen bereithalten, was in einer mehr oder weniger entfernten Zukunft aus einem wird, will man also bereits am Morgen wissen, dass das Erstaunlichste, was einem am Morgen beim Aufstehen passieren kann, ist, zu erfahren, dass man im Laufe des Tages möglicherweise sterben oder in den bevorstehenden Stunden ein neues Liebesabenteuer oder eine Sexaffäre haben wird? Der Sex und der Tod, nichts anderes kann uns mehr berühren, soweit es um uns selbst geht.

Im Sommer 2016 nahm ich an einer der von meinem Freund Peter Atkins organisierten Klausurtagungen der Zukunftsforscher in Hartwell House teil. Für ein paar Tage stand die Zukunft im Mittelpunkt unserer Aufmerksamkeit. Wir erforschten sie mit der Fürsorge des Experten. In kleinen Arbeitsgruppen erkundeten wir sie an mit grünem Filz bezogenen Konferenztischen. Wir untersuchten sie mit unendlicher Sorgfalt, um mithilfe von sondierenden Szenarien Darstellungen verschiedener denkbarer Zukünfte zu entwickeln. Ich kannte Peter Atkins schon seit langem, seit fast zwanzig Jahren studierten wir gemeinsam die *terras incognitas* der Strategischen Zukunftsforschung und erforschten ihre letzten brachliegenden Steppen. Anfang der 2000er-Jahre hatte Peter sich dem Team des *Government Chief Scientific Adviser* in London angeschlossen, das den britischen Premierminister in Fragen der Technologie berät. Er war damit beauftragt, im Rahmen dieser Regierungsagentur die erste Beratungsstelle für Strategische Zukunftsforschung ins Leben zu rufen. Dabei machte sich Peter mit den anspruchsvollsten Techniken der Disziplin vertraut und lernte die meisten der Politiker, Militärs und hohen Beamten kennen, die in dieser Domäne in Großbritannien arbeiteten. Später kamen ausländische Experten auf Studienreisen zu ihm nach London, die in ihrem Land eine eigene Beratungsstelle planten und sich ein Bild von den Verfahren machen wollten, und so wurde

Peter zu einer Schlüsselfigur unserer kleinen, abgeschlossenen Welt der Zukunftsforscher. 2011 verließ Peter seinen Posten in der britischen Oberverwaltung, um sich mit der Gründung der Hartwell House Association selbstständig zu machen. Das wichtigste Ereignis der Gesellschaft war die sommerliche Klausurtagung der Zukunftsforscher. Von der ersten Sitzung an hatte Peter das Prinzip des *live challenge* eingeführt. Die Idee war, dass sich jedes Jahr die Teilnehmer einer neuen Herausforderung in Echtzeit stellen und in den fünf Tagen der Klausur ein einziges Thema von allgemeinem Interesse bearbeiten sollten. Im Jahr 2016 fand diese Tagung von Hartwell House Anfang Juli statt, also nur zehn Tage nach dem Brexit-Referendum.

Am Montag, dem 4. Juli 2016, nahm ich in den frühen Morgenstunden den Zug von Brüssel nach London. Ich hatte mich an der Gare du Midi mit meinem Freud Viswanathan Ajit Pai verabredet, mit dem ich für die Europäische Kommission arbeite. Viswanathan gehörte mit zur Gruppe von Hartwell House, und wir hatten vereinbart, zusammen zu fahren. Im Eurostar hatten wir es uns auf einem leeren Viererplatz bequem gemacht, holten unsere Zeitungen heraus und stellten unsere Laptops auf die Tische. Viswanathan hatte sich bequem zurückgelehnt und die *Financial Times* aufgeschlagen, deren lachsfarbene Seiten er vorsichtig mit dem leisen Rascheln des Zeitungspapiers durchblätterte, ein sanftes Morgenrauschen, zum Verschwinden verurteilt wegen des angekündigten Niedergangs der Zeitungen auf Papier. Kurz nach der Abfahrt wurde uns an unserem Platz ein sehr gutes Frühstück serviert. Viswanathan war ebenso wie ich verärgert über den Ausgang des britischen Referendums, schien sich aber nicht entmutigen lassen zu wollen. Im Gegenteil, er hielt, während er Gebäck und Fruchtjoghurt (seinen und meinen, den ich ihm gerne abgetreten hatte) genoss, eine flammende Hommage im Rückblick auf das Großbritannien, das er im Laufe seiner Studienjahre Anfang der 1990er-Jahre in Cambridge kennengelernt hatte. Damals, weißt du, war das wirklich ein äußerst anregendes Umfeld, sagte er, es herrschte eine Atmosphäre des freien Denkens, der intellektuellen Neugier, man sprach vom *new internationalism*. Zu dieser Zeit war Großbritannien offen für die anderen Kulturen. Es war auch der Moment, wo man in Großbritannien gut zu essen begann, mit guten Weinen, gereiftem Käse und vorzüglichen Olivenölen. Die britische Gesellschaft atmete anders, es gab eine erstaunliche Öffnung auf die Welt hin. Viswanathan zufolge ging es seit Beginn der 2000er-Jahre damit bergab, und auch die Finanzkrise von 2008 war nicht gerade hilfreich. Die beginnende Rezession wurde von einer einwandererfeindlichen Rhetorik und dem Wüten der Boulevardpresse gegen Europa begleitet. Wenn man da noch eine Prise

Zynismus und ein paar Zauberlehrlinge hinzufügt, so Viswanathan, braucht man nicht lange nach den Gründen für den Brexit zu suchen (und nachdenklich löffelte er meinen Kirschjoghurt aus, während er einen Blick aus dem Zugfenster warf).

Bei der Ankunft in London war meine Überraschung groß, als Viswanathan Ajit Pai mich in der Bahnhofshalle von St. Pancras ohne weitere Umstände stehen ließ, mit der Mitteilung, er habe einen Termin in einer Wirtschaftskanzlei in Kensington und würde erst am nächsten Tag nach Hartwell House kommen. Er verschwand in einem Taxi, und ich wechselte den Bahnhof und nahm allein den Zug nach Aylesbury. Als ich im Schloss Hartwell House ankam, wurde ich in mein Zimmer im zweiten Stock der Residenz geführt, ein geräumiges, elegantes Zimmer mit Stilmöbeln. Die Vorhänge und die Tagesdecke schillerten in narzissgelben und pastellgrünen Farbschattierungen. Ich wusch mir im Badezimmer mit antiken Armaturen aus Kupfer die Hände und ging zum Mittagessen wieder nach unten. Ich durchquerte das Erdgeschoss und bewunderte im Vorbeigehen die Rokoko-Kamine aus Marmor und die Meisterwerke, die die holzgetäfelten Wände der großen Halle schmückten. Ich betrat den Speisesaal, in dem vier runde Tische mit weißen Tischtüchern und Silberbesteck für jeweils zehn bis zwölf Personen gedeckt waren. Der Saal war sehr hoch und hatte vier Fenstertüren, die auf den Park gingen. Es waren etwa fünfzehn Personen im Raum, sie saßen oder standen um das Buffet herum und bedienten sich selbst. Viele der Gesichter kannte ich vom Sehen, aber es waren nicht wirklich Freunde darunter, Viswanathan war in London geblieben, und Peter Atkins hatte ein Meeting mit seinen Mitarbeitern, um den Beginn der Veranstaltung vorzubereiten. Wie so oft, wenn ich an einem fremden Ort ankomme, fühlte ich mich eingeschüchtert. Ich ging zum Buffet, nahm einen großen Teller und begann, mich zu bedienen. Es waren noch nicht alle Teilnehmer unserer Tagung eingetroffen, einige hatten bereits zu Mittag gegessen und waren beim Kaffee, andere hatten gerade erst mit dem Essen begonnen. Nachdem ich meinen Teller gefüllt hatte, setzte ich mich an einen Tisch, an dem bereits sieben oder acht Personen saßen. Ich aß schweigend, ohne den anderen Tischgenossen viel Aufmerksamkeit zu schenken, und hörte nur halb den Gesprächen um mich herum zu. In fast jeder Gesellschaft gibt es, und dem entging auch unsere Tagung der Zukunftsforscher nicht, immer jemanden, der sich dadurch auszeichnet, dass er arroganter ist als die anderen, ein Alleswisser, der sich die Freiheit herausnimmt, seine Nachbarn zu belehren. Sehr schnell hatte ich den einen an unserem Tisch ausgemacht. Noch ziemlich jung, keine vierzig Jahre alt, kantig und mit breiten Schultern, gestreiftem Hemd und Hosenträgern, ein

Mann mit kräftiger Stimme. Egal wo man war, ob man ihm zuhörte oder nicht, seine Stentorstimme hallte fernhin, dass einem die Ohren klingelten. Zu dieser kräftigen Stimme kam eine unerträgliche Stimmfärbung hinzu. Der Typ hatte anscheinend ein ununterdrückbares Bedürfnis, anderen seine Überlegenheit zu beweisen, eine Überlegenheit, bei der man sich fragte, worauf sie beruhen konnte. Er sprach nicht mit seinen Nachbarn, er erteilte ihnen eine Lektion. Er hatte jede Regung zu einem Gespräch an unserem Tisch im Keim erstickt und das Wort an sich gerissen, um keinen Widerspruch duldend den ganzen Tisch zu unterhalten, wobei er seine Blicke betont auf die junge Frau richtete, die sich neben mich gesetzt hatte, weniger um ihre intellektuelle Zustimmung zu suchen, sondern um auf diskrete Weise eine galante Hommage zu machen. Ich kannte den Namen dieser jungen Frau nicht (er stand auf ihrem Namensschildchen, aber ich hatte mich nicht gegen ihren Busen gebeugt, um ihn zu lesen). Ich wusste auch nicht, was genau sie tat, ich wusste nur, dass sie aus Finnland kam, ich war ihr bereits einmal auf einem Kolloquium zur Zukunftsforschung in den Vereinigten Staaten begegnet. Der Mann auf der gegenüberliegenden Seite des Tisches hörte nicht auf, große Reden zu schwingen. Später erfuhr ich, dass er Scott Adams hieß. Er machte schon was her, hatte aber zugleich auch etwas Unangenehmes an sich (sogar etwas Libidinöses in der Art, wie er die Brotkrumen zwischen seinen Fingern knetete oder sein Essen gierig zum Mund führte). Er besaß auch, um seine Sätze zu unterstreichen oder dem Gesagten eine besondere Betonung zu verleihen, die unangenehme Art, zu den Nebenleuten körperlichen Kontakt aufzunehmen, legte beispielsweise seine Hand fest auf den Arm der Nachbarin, und all das, ohne dabei die Finnin an meiner Seite über den Tisch hinweg aus den Augen zu lassen, denn er hatte mehrere Eisen im Feuer. Er war das absolute Gegenteil meines Tischnachbarn zur Rechten, eines Japaners, der genauso zurückhaltend war wie ich, und der, nachdem er sich diskret auf seinen Sitz geschlichen hatte, kein Wort sagte, die Augen gesenkt hielt und sich bemühte, so wenig Raum wie möglich in Anspruch zu nehmen. Das einzige Mal, dass er sich mit einer fast unhörbaren Stimme an mich wandte, war, um mich um Brot zu bitten, wobei er sich fast für die Dreistigkeit seines Ersuchens entschuldigte. Beim Thema Brexit, das die Gemüter beschäftigte, begann Scott Adams, der vorgab, seine Ohren überall zu haben, und in der besseren Gesellschaft verkehren musste, die Anekdote vom Pizza-Gipfel zu erzählen. Ich hatte schon gerüchteweise von dieser Pseudokonferenz auf einem Flughafen gehört, aber nichts, was sich als erwiesen herausgestellt hätte. Die Geschichte handelte davon, dass die Entscheidung, ein Referendum über den weiteren Verbleib Großbritanniens in der Europäischen Union ins Leben zu rufen, in einer Pizzeria im Chicagoer Flughafen O'Hare bei der Rückkehr der britischen Delegation von einem NATO-Gipfel getroffen worden sein sollte. Die Hauptdarsteller des Stücks, von dem Scott Adams uns erzählte, waren der britische Premierminister und sein Außenminister, die er mit nervenaufreibender Vertrautheit bei ihren Vornamen (Dave und William) nannte, als handelte es sich um Freunde von ihm, die Mist gebaut hätten, sogar ziemlich großen Mist, von dem er uns lachend berichtete. Er erzählte uns diese Anekdote, die sicherlich nicht aus erster Hand stammte und deren Authentizität fragwürdig war, in allen Einzelheiten, als ob er selbst dabei gewesen wäre, nicht ohne völlig überflüssigerweise die rhetorische Warnung hinzuzufügen, sie bloß niemandem weiterzuerzählen. Es müsse vertraulich bleiben (*off the record*, wie er sich ausdrückte). Und mit verschwörerisch gesenkter Stimme, wobei er uns ein Zeichen machte, näher an ihn heranzurücken, ließ er uns wissen, dass der einzige Weg, den Dave an diesem Abend gefunden hätte, um die Einheit der Konservativen Partei während des Wahlkampfes 2015 zu sichern, darin bestand, ein Referendum über den Verbleib in der Europäischen Union in Aussicht zu stellen. Das ist doch schier unglaublich!, sagte er. Stellen Sie sich einmal vor, dieses katastrophale Referendum, das einen Zusammenbruch des Pfund Sterling verursachen und Großbritannien aller Voraussicht nach in eine beispiellose Krise führen wird, wurde von drei oder vier gelangweilten Politikern vor ihrer Pizza an irgendeinem Ecktisch im Terminal 3 des Chicagoer O'Hare-Flughafens ausgeklüngelt. Das war mit Sicherheit eine Pizza capricciosa, mokierte er sich und griff nach der Serviette seiner Nachbarin, um sich selbstgefällig den Mund abzuwischen (ich bemerkte den erschreckten Blick seiner Nachbarin, die nicht wusste, ob sie ihn darauf hinweisen dürfte, dass es *ihre* Serviette war, die er genommen hatte). Ob nun an seiner Anekdote vom Pizza-Gipfel etwas dran war oder nicht, das Unangenehme an seiner Geschichte war nicht so sehr der snobistische Insider-Ton, mit dem er sie erzählt hatte, sondern vielmehr die ungenierte Vertrautheit, mit der er sich an die Protagonisten des Stücks herangemacht hatte (auch wenn natürlich die am Brexit beteiligten britischen Spitzenpolitiker nicht frei jeder Schuld waren, bei weitem nicht).

Scott Adams schwadronierte weiter emphatisch über den Zustand der Welt. Man spürte bei ihm ein Bedürfnis, systematisch eine im Widerspruch zur allgemein akzeptierten Meinung stehende Position zu verteidigen. Ein Ansatz, der intellektuell lobenswert gewesen wäre, wenn es darum geht, sich zum Advocatus Diaboli zu machen, um eine Frage in all ihren Facetten, selbst den widersprüchlichsten zu bewerten, die ihn aber oft zu schwefligen rhetorischen Verrenkungen führte. Die meisten

Historiker lassen das 20. Jahrhundert mit dem Jahr 1914 beginnen, nicht wahr, erklärte er uns, seinen Kaffee schlürfend, die Untertasse in der Hand. Nun gut, für die Historiker der Zukunft müsste also der Befund viel einfacher sein, denn alle sind sich einig, das 21. Jahrhundert habe mit dem 11. September 2001 begonnen. Aber es kann ebenso gut sein, fügte er hinzu, indem er seine Tasse wieder auf den Tisch stellte, dass ein anderes Datum mit dem Jahr 2001 in Konkurrenz treten wird, und dieses andere Datum – er hielt einen Moment inne, um zu prüfen, welchen Eindruck er machte – ist 2016! Dieses Jahr, ja! 2016, sehen Sie, ist ein Schlüsseljahr, eine Welt geht zu Ende und eine neue Ära beginnt. Mit dem Brexit wird eine neue Seite aufgeschlagen. Aber 2016 geht es nicht nur um den Brexit, sagte er. 2016 wird auch das Jahr der Wahl von Trump sein! Weil Trump diesen November gewählt werden wird! Am Tisch gab es einzelne Lacher, Schulterzucken und missbilligendes Raunen. Ich meine es ernst, sagte er. So unwahrscheinlich Ihnen dieser Sieg heute noch erscheinen mag, völlig unmöglich ist er nicht. Und das ist keine Wahrsagerei, sagte er uns, sondern das Resultat einer sehr gut fundierten Analyse (der Filmemacher Michael Moore kommt übrigens zu den gleichen Schlussfolgerungen wie ich, fügte er hinzu, während er sich ein Gebäck vom Kuchentablett schnappte). Ich beobachtete Scott Adams von der gegenüberliegenden Seite des Tisches, und ich ärgerte mich über diese sensationslüsterne Vorhersage, die er gerade gemacht hatte und die so gar nichts mit Zukunftsforschung zu tun hatte, die sogar das Gegenteil von Zukunftsforschung war. Dieser Scott Adams hatte offensichtlich nichts von der Zukunftsforschung verstanden, es war also an der Zeit, dass er an einer Klausurtagung wie der unseren teilnahm, um etwas über die Ethik und die Zielsetzungen unserer Disziplin zu lernen. Das Pikante in dieser Angelegenheit aber war (zu diesem Zeitpunkt wusste ich das noch nicht), dass ausgerechnet er es sein sollte, der uns als Experte in die in Hartwell House angewandte Methode einführen sollte, er war der berühmte Scott Adams, den Peter für dieses Jahr angeworben hatte, um den methodischen Teil unserer Tagung abzudecken. Während ich immer noch nicht wusste, um wen es sich da handelte, hörte ich weiter seinen geschwollenen Reden zu. Er war sich seiner Sache sehr sicher, schnappte sich weiterhin süße Häppchen vom Kuchenteller und zählte die verschiedenen objektiven Parameter auf, die seiner Meinung nach den Sieg von Trump im November erklären würden. Von dem Dutzend dieser Gebäckstückchen auf dem Teller hatte er allein bereits sieben gegessen (ich hatte ihn aus den Augenwinkeln beobachtet und insgeheim mitgezählt). Einmal in Schwung, war er übrigens nicht mehr zu bremsen, er hatte uns noch mehr Enthüllungen zu machen. Nachdem er uns Trumps Sieg im November verkündet hatte, prophezeite er uns noch mit derselben Rhetorik und denselben Vorbehalten (»ich behaupte ja nicht, dass es notwendigerweise eintreten wird, aber ich sage, dass wir diese Hypothese nicht als unmöglich ansehen sollten«), den Triumph der Populisten in den Niederlanden und den Sieg der rechtsextremen Kandidatin bei der französischen Präsidentschaftswahl im kommenden Jahr, bevor er bühnenwirksam mit einem Zitat schloss, das er Kurt Vonnegut zuschrieb (und Schande über den, der nicht wusste, wer Kurt Vonnegut war): »Die Geschichte ist nur eine Aufeinanderfolge von Überraschungen, sie kann uns nur daran gewöhnen, überrascht zu werden.« Das war nun wirklich zu viel für mich, das war mehr, als ich ertragen konnte. Ich erhob mich vom Tisch, ohne den Kaffee genommen zu haben, und ging auf mein Zimmer (es gab ohnehin keine süßen Häppchen mehr auf dem Kuchenteller).

Auf dem Zimmer war es sehr dunkel, ich hörte, wie der Regen an die Fenster klopfte. Ich wollte die Nachttischlampe einschalten, aber es war ein kompliziertes Unterfangen, ich suchte lange nach dem Schalter, der sich nicht am Lampenkabel befand, sondern an der Glühbirne, ein Schalter, den man nicht nach oben oder unten bewegen musste, sondern nach rechts (die Briten, nun aber mal ehrlich). Ich hielt einen kurzen Mittagsschlaf und ging kurz vor drei Uhr wieder hinunter in die Eingangshalle.

Ich sah Peter Atkins, der beschäftigt war, mit Dokumenten in der Hand Neuankömmlinge zu begrüßen, und die Teilnehmer drängte, sich zur Eröffnungssitzung in das Nebenhaus zu begeben. Wir verließen die Residenz und liefen in kleinen Grüppchen unter einem bedrohlichen Himmel eine Allee hinauf. Es hatte aufgehört zu regnen, und von den nassen Ästen der Bäume tropfte es feucht herunter. Es herrschte ein beflissenes Treiben rund um Scott Adams, mehrere Leute folgten ihm, man umringte ihn, drängte sich in seinem Gefolge. Ich war etwas zurückgeblieben, ging schweigend für mich. Da fiel mir unter den Teilnehmern eine junge Frau auf, die ganz allein vor sich hin schritt, eine Mappe in der Hand, und die ich in unserer Gruppe noch nicht wahrgenommen hatte. Sie trug eine Bluse aus roher Seide, eine Mohairweste und eine Perlenkette um den Hals. Es ging eine unaufdringliche Eleganz von ihr aus, ein Charme und eine gewisse Zurückhaltung, die sofort meine Aufmerksamkeit erregten. Ich weiß nicht, was genau die Anziehung ausmachte, aber wenn auch die meisten der anwesenden Männer sich eher zu der Finnin hingezogen fühlten, deren Aussehen zugegebenermaßen in unserer etwas nüchternen Versammlung aus dem Rahmen fiel, mit ihren langen Beinen und ihren hochhackigen fuchsiarosa Pumps, so war es für mich eher diese unscheinbare junge Frau, die mich anzog. Ich wagte nicht, sie anzusprechen, ich begnügte mich damit, ihr mit etwas Abstand zu folgen, ohne die Augen von ihr zu lassen. Hinter ihr betrat ich den James-Gibbs-Saal, in dem die Eröffnungsveranstaltung stattfinden sollte. An jedem Platz rund um den großen U-förmigen Tisch waren ein Notizblock, ein Bleistift und das Programm der Tagung ausgelegt. Einige der Teilnehmer hatten sich bereits gesetzt, andere unterhielten sich noch beiläufig, während sie auf den Beginn der Veranstaltung warteten. Ich ließ einen Moment verstreichen, blieb neben der jungen Frau in der Mohairweste stehen, zögerte, blätterte geistesabwesend in einem Programm, das ich vom Tisch aufgenommen hatte, bevor ich mich neben sie setzte.

Für die Eröffnungssitzung hatte Peter Atkins eine externe Rednerin hinzugezogen, eine Psychologin, die innovative Methoden der Gruppenkommunikation entwickelt hatte. Anstatt sich die Teilnehmer nacheinander in klassischer Weise vorstellen zu lassen, »Mein Name ist Soundso, ich arbeite für die oder jene Organisation« (diese Informationen, so sagte sie uns, finden Sie in der Broschüre, die an Sie verteilt worden ist), schlug sie vor, damit wir uns besser kennenlernten, wir gleich mit einer ersten Übung beginnen sollten, die sie *Tell the story of your names* nannte. Sie hatte diese Übung von Puanani Burgess übernommen, einer Beraterin und Dozentin aus Hawaii. In unserer modernen Zeit, erklärte sie, stellen wir uns normalerweise nur mit Vor- und Nachnamen vor, ohne uns des unsichtbaren Reichtums bewusst zu sein, der sich in ihnen verbirgt. Die Übung sah vor, etwas über die Geschichte unseres Namens zu sagen, den Ursprung unseres Namens zu erzählen. Erzählen wir die Geschichte unserer Namen, so enthüllt sich in Wirklichkeit ein großer Teil unserer persönlichen Geschichte. Sie forderte uns auf, die Übung in kleinen Gruppen, jeweils zu zweit in einem zehnminütigen Gespräch unter vier Augen zu machen, um danach unsere Erkenntnisse der ganzen Gruppe darzulegen (der Clou bei der Sache war, dass man sich dabei nicht selbst vorstellte, sondern der Partner war beauftragt, sein Gegenüber vorzustellen). Haben Sie verstanden? Es gab einen Moment der Unschlüssigkeit im Raum, wir drehten uns unseren Nachbarn zu, um herauszufinden, mit wem wir ein Team bilden würden. Durch die Verteilung der Plätze um den Tisch herum wurde mir klar, dass ich zu meinem Glück der jungen Frau in der Mohairweste zugesellt würde. Sie musste die gleiche Feststellung gemacht haben, denn wir lächelten uns ein wenig verlegen an. Um uns herum hatten viele Teams bereits mit ihrer Arbeit begonnen, im Saal hörte man es flüstern, manche waren bereits über ihre Notizblöcke gebeugt dabei zu schreiben. Meine Nachbarin nahm ihren Bleistift auf und forderte mich auf zu beginnen. Bitte, sagte sie. (Ich konnte es nicht glauben, nicht allein, dass diese attraktive junge Frau mich einlud, über mich selbst zu sprechen, sondern sie würde sich auch Notizen machen – Notizen machen! – von dem, was ich ihr erzählen würde). Ich stellte mich vor, sagte ihr, dass mein Name Jean Detrez sei und dass ich für die Europäische Kommission arbeite. Ich erklärte ihr, meine Familie käme aus Belgien, mein Name aber, Detrez, stamme aus Nordfrankreich. Ich sah sie mit dem Bleistift auf ihren Notizblock schreiben. Der Großvater meines Vaters väterlicherseits war Franzose. Das Besondere an ihm ist, während des Ersten Weltkriegs verschwunden zu sein. Wir wissen nicht, was aus ihm geworden ist, wir wissen nur, dass er im August 1914 in den Krieg zog und nie zurückkam. Wurde er im Kampf getötet? Ist er desertiert? Hat er die Situation ausgenutzt, um zu fliehen und mit einer anderen Frau ein neues Leben zu beginnen? Wir haben keinerlei Informationen über sein Schicksal, aber in der Familie geht die Legende, dass er der Unbekannte Soldat im Grabmal unter dem Triumphbogen sei. Sie betrachtete mich nachdenklich und schien zu überlegen, ob ich diese Geschichte erfunden hätte (aber wie hätte ich eine solche Geschichte erfinden können?). Nun war sie an der Reihe. Ich heiße Enid Eelmäe, sagte sie mir, ich bin Estin. Ich schaute zu ihr auf. Ich bat sie, ihren Namen zu wiederholen, damit ich ihn aufschreiben könnte, und es gefiel mir außerordentlich, sie ihren Namen noch einmal in ihrer Sprache aussprechen zu hören, Enid Eelmäe, den sie mit einer singenden, melodischen Stimme aussprach. Ich war wie verzaubert. Sie wusste nicht, warum ihre Eltern sie Enid genannt hatten, es war überhaupt kein typisch estnischer Vorname. Die einzige Enid, die sie kannte, war eine Britin, das war Enid Blyton, die Autorin von *The Famous Five* und *The Secret Seven*. Als sie diese Buchtitel aussprach, verortete ich sie sofort in meinem Gedächtnis, indem ich sie in Gedanken ins Französische übersetzte, und meine gesamte Kindheit platzte auf unwahrscheinliche und leuchtende Weise in diesen James-Gibbs-Saal. *Fünf Freunde* und *Die Schwarze Sieben*! Und obwohl ich fast alles von den Geschichten, die diese Bücher erzählten, vergessen hatte, blieben mir die Orte, an denen ich sie gelesen hatte, in meiner Erinnerung unvergänglich. Enid Eelmäe fuhr mit ihrer Erklärung fort. Ihr Nachname, Eelmäe, bedeutete auf Estnisch »Erster Berg« oder »Vorberg«. Der Name habe eine lange Geschichte, erklärte sie mir. Zunächst muss man wissen, dass es in Estland vor 1819 überhaupt nur sehr wenige Bauern gab, die einen Namen trugen, und die Wörter »Estnisch« und »Bauer« gleichbedeutend waren. Erst mit Abschaffung der Leibeigenschaft gingen die Gelehrten, die Pfarrer und die baltischen Barone dazu über, den Bauern Namen zu geben. Manchmal gaben ihnen die Adeligen seltsame Namen (seltsam sogar auf Estnisch, sagte sie mit einem Lächeln), oder der Pfarrer, der Estnisch nicht so gut verstand, hatte eine merkwürdige Schreibweise. Erst in der ersten Republik Estland, zwischen den beiden Kriegen, begannen sich die Dinge zu normalisieren. In den 1930er-Jahren gab es eine große Kampagne zur *Estnisierung* der Namen, und erst zu dieser Zeit wurde ihr Nachname zu Eelmäe. Bevor ich estnisiert wurde, wissen Sie, wie mein Name war?, fragte sie mich. Ich sah sie an. Ich schüttelte verneinend den Kopf mit einem gerührten Lächeln, wie hätte ich das wissen können? Es ist kaum zu glauben, sagte sie mir. Wissen Sie, wie ich es herausgefunden habe? Ich schüttelte wieder den Kopf, war neugierig, den Rest zu erfahren. Er kommt von August Eelmäe, einem bekannten estnischen Schauspieler. Und dann wurde mir bei meinen Recherchen über das Homonym klar, dass sein ursprünglicher Name, also bevor er Eelmäe hieß, Eiffel war! Wie Gustave Eiffel. Gustave Eiffel?, sagte ich. Ja, Gustave Eiffel, der vom Eiffelturm! Erst 1936 hatten die Eltern dieses Schauspielers sich dafür entschieden, den Namen Eiffel in Eelmäe zu ändern. Und es ist wahrscheinlich dasselbe, was mit meinem Namen geschehen sein muss, aus mir wurde eine Eelmäe, während ich ursprünglich eine Eiffel war. Vor sich haben Sie also eine mutmaßliche Nachfahrin des Erbauers des Eiffelturms!, sagte sie lachend zu mir. Ich lächelte sie an. Die Übung neigte sich dem Ende zu, und die Psychologin war aufgestanden und kam in die Runde, um ein erstes Zweierteam zu bitten, uns die Ergebnisse mitzuteilen. Ich war noch nicht fertig mit meinen Notizen, wir würden bald an der Reihe sein (aber ich machte mir keine

Sorgen, wir hatten sowohl den Triumphbogen als auch den Eiffelturm auf Lager, wenn wir an der Reihe waren, uns vorzustellen).

Nach der Pause übernahm Peter Atkins es, die zweite Nachmittagssitzung mit Leben zu füllen. Peter stand im grauen Anzug und mit dunkler Krawatte, mit dem Mikrofon in der Hand, regungslos unter der Leinwand des Videoprojektors. Er wartete, bis sich die letzten der Ankömmlinge, die sich am Tisch entlangstahlen, gesetzt hatten. Ich kannte einige Seiten von Peters Persönlichkeit, seinen trockenen Humor, seine Lässigkeit, seine fast flegelhafte Exzentrizität oder seine Vorliebe für illusionslose Witze, die er jedes Mal von sich gab, wenn wir bei ihm zu Hause in Camden Town zusammen einen dreißig Jahre alten schottischen Whisky tranken und er den Rauch seines Zigarillos mit gelassener Bosheit ausstieß und seine Füße in Socken auf den Kaffeetisch seiner Bibliothek in legte (»niemals Eiswürfel in den Whisky, das ist erbärmlich!«). Doch bis zur Stunde hatte Peter jede Unebenheit in seinem Verhalten vermieden. Hätte ich ihn nicht persönlich gekannt, ich hätte mich über die wahre Natur seines Charakters täuschen lassen. Mir fiel auch auf, dass seine Stimme vor Publikum sehr fest, fast autoritär war. Seit dem Ende des Zweiten Weltkriegs, erklärte er uns, habe Europa zwei große Zyklen durchlaufen, einen Zyklus, den man als *progressiv* in den Bereichen Moral und Menschenrechte bezeichnen könnte und der bis Ende der 1970er-Jahre andauerte, und einen *liberalen* Zyklus, der mehr oder weniger bis zur Finanzkrise von 2008 andauerte. Ich habe den Eindruck, dass wir heute mit dem Brexit gerade in einen dritten Zyklus eingetreten sind, in einen *populistischen* Zyklus, der sich durch ein neues Misstrauen gegenüber den Eliten und der repräsentativen Demokratie ausdrückt. Hinzu kommt die Tatsache, dass seit einigen Jahren viele Krisenherde und instabile Lagen an den Grenzen Europas – Ukraine, Krim, Türkei, Libyen – entstanden sind, dergestalt, dass der Kontinent geschwächt wie nie zuvor heute wie von einem wahren Feuerring umgeben zu sein scheint. *A ring of fire,* Sie kennen sicherlich Johnny Cashs Lied, sagte er (und zur Überraschung aller begann er, den Refrain ins Mikrofon zu summen, beugte kaum wahrnehmbar die Knie und spielte im Takt mit dem Mikrofonkabel: *And it burns, burns, burns! The ring of fire, the ring of fire!*). Um dann in aller Seelenruhe mit seinem Vortrag fortzufahren, und als ob nichts gewesen wäre, kündigte er uns an, dass unsere diesjährige *live challenge* der Außenpolitik der Europäischen Union gewidmet sein würde. Er schlug uns vor, gemeinsam die internationale Strategie der EU in Zeiten des Brexit neu zu evaluieren, unter Berücksichtigung der entstandenen regionalen Instabilitäten. Wie Sie wahrscheinlich wissen, versuchen wir hier in Hartwell House immer wieder,

Themen aufzugreifen, die noch einer Lösung bedürfen und die im Umbruch sind. Es handelt sich also um eine noch offene Frage, die ich Ihrem Scharfsinn unterbreite. Um Ihnen bei der Beantwortung zu helfen, habe ich für Sie ein Programm mit Vorträgen und Zusammentreffen mit Gästen vorbereitet, mit denen Sie über die verschiedenen Punkte im Zusammenhang mit unserem gemeinsamen Thema, unserer *live challenge*, diskutieren werden. Was die Methode betrifft, bin ich besonders stolz, Ihnen heute ankündigen zu dürfen, dass der Experte, der uns dieses Jahr während der gesamten Tagung begleiten wird, Scott Adams ist. Und erst in diesem Moment, als sich der Angesprochene von seinem Sitz erhob und unter Applaus den Kopf neigte, wurde mir klar, dass der Typ mit dem gestreiften Hemd und den Hosenträgern, der mich seit meiner Ankunft in Hartwell House genervt hatte, kein anderer als Scott Adams war. Das war er also, der berühmte und temperamentvolle Scott Adams, der aufgehende Stern der Zukunftsforschung, den ich bisher nur vom Hörensagen kannte. Ich applaudierte Scott Adams (ich applaudierte ihm mit den Fingerspitzen, diese Art des widerwilligen Applaudierens, mit schwerer Hand, wobei man sich bemüht, keinen Lärm zu machen und so schnell wie möglich abzubrechen).

Nach Peters Einführungsrede kamen wir sofort zum Kern der Sache. Gemeinsam begannen wir als Kollektiv mit einer ersten Sichtung, um die wesentlichen »Veränderungsvariablen« zu ermitteln, die die Außenpolitik der Europäischen Union in den kommenden Jahren beeinflussen könnten, wobei Szenarien bis zum Jahr 2030 in Betracht kämen. Jedes Mal, wenn jemand im Raum einen Vorschlag machte, wurde dieser von der gesamten Zuhörerschaft geprüft, und wenn er in Betracht gezogen wurde, schrieb Peter ihn mit einem blauen Filzstift auf ein Blatt einer Flipchart, das er auf diese Weise nach und nach füllte. Innerhalb kaum einer Stunde hatten wir nicht weniger als fünfundzwanzig solcher Veränderungsvariablen identifiziert. Am Ende der Sitzung, bei der Analyse aller Variablen, konnten wir zwei wichtige strukturelle Veränderungslinien feststellen, die sich auf die Zukunft der europäischen Außenpolitik auswirken könnten. Da gab es zunächst die »Lage der Ressourcen«, die sich in Zukunft entweder in Richtung des Überflusses (der Plus-Pol) oder der Knappheit (der Minus-Pol) entwickeln konnte. Die zweite wichtige Linie beschrieb die »Lage der Werte«, die in den nächsten fünfzehn Jahren in Europa zwei verschiedene Richtungen nehmen konnte, entweder würden sich liberale und fortschrittliche Werte in der Gesellschaft durchsetzen (der Plus-Pol) oder sich im Gegenteil die konservativen Werte und die Abschottung verstärken, wie sie bereits in zahlreichen Ländern zu beobachten waren (der Minus-Pol). Hier kam es zu einer ersten Konfrontation zwischen

Scott Adams und Peter, noch mit stumpfem Florett, die jedoch einen unangenehmen Vorgeschmack auf die leidige Beziehung gab, die die beiden über den gesamten Zeitraum der Tagung aufrechterhalten sollten. Scott Adams nämlich unterbrach Peter mit der Frage, nach welchen Kriterien er sich erlauben würde, den positiven Pol progressiven Werten und den negativen Pol konservativen Werten zuzuordnen. Formell mochte diese Frage zulässig gewesen sein, aber es war, gelinde gesagt, unfein von Scott Adams und sicherlich nicht sehr diplomatisch, Peter bereits in der ersten Sitzung derart am Zeug zu flicken, und das zudem mit einer Frage nach der Methode. In eisigem Ton antwortete Peter, dass dies nicht das sei, was er gewollt habe. Aber es ist das, was Sie getan haben, insistierte Scott Adams. Peter war sichtlich verärgert, und um diese interne Debatte zwischen Organisatoren zu beenden, fügte er trocken hinzu, dass es sich bloß um eine Übereinkunft handele (und keineswegs um eine Wertung, es stünde allerdings jedem frei, entsprechend seiner persönlichen Überzeugung einen positiven oder negativen Pol auf die Werte seiner Wahl zu legen), dass aber eine Trennung vorgenommen werden müsse und er diese in dem Sinne getroffen habe, die ihm am intuitivsten schien, was uns erlauben würde, nunmehr vier Szenarien zu entwerfen, indem wir die verschiedenen Pole paarweise in den möglichen Kombinationen zusammenfügen.

Die Komplizenschaft mit Enid Eelmäe, die ich bereits am Nachmittag bei der Eröffnungssitzung angeknüpft hatte, hielt den ganzen Tag über an. Als es Zeit für das Abendessen war und wir den Speisesaal betraten, setzten wir uns wie selbstverständlich nebeneinander, und während des Essens erzählte ich ihr, dass ich bei der Europäischen Kommission mit einem estnischen Kommissar, Siim Kallas, zusammengearbeitet hatte (damals war ich in der Generaldirektion Mobilität und Verkehr für die interinstitutionellen Beziehungen zuständig). Enid, elegant unter den funkelnden Kronleuchtern im Speisesaal von Hartwell House, antwortete, dass in Estland an Siim Kallas kein Weg vorbeiführe, er sei eine herausragende Persönlichkeit des öffentlichen Lebens. Nach einem Schluck Weißwein fügte sie hinzu, dass er sicherlich seine Partei, die Reformpartei, bei den nächsten Parlamentswahlen anführen werde (und ich dachte einen Moment daran, doch Scott Adams – dessen schmetterndes Organ seit Beginn des Abendessens vom Nebentisch unaufhörlich über unseren Köpfen widerhallte – um einen Kommentar zu bitten, welcher Kandidat die kommenden Parlamentswahlen in Estland gewinnen würde, er würde mit Sicherheit eine Meinung haben). Nach dem Abendessen verteilten sich die Gäste in den verschiedenen Aufenthaltsräumen oder gingen auf ihre Zimmer, ich trat mit Enid hinaus auf die Terrasse, um frische Luft zu schnappen. Es hatte aufgehört zu regnen, und ich schlug ihr vor, einen Spaziergang im Park zu machen.

Wir gingen ein Stück über den Rasen. Die Luft war frisch, der Geruch von feuchtem Gras stieg in der Dunkelheit auf. Nachdem wir eine Brücke über ein stilles Wasserloch überquert hatten, setzten wir unseren Weg auf einer bogenförmigen Allee zwischen hundertjährigen Bäumen fort. Wir waren kaum fünf Minuten gegangen und konnten schon die Lichter der Residenz nicht mehr sehen, es gab überhaupt kein Licht, nur einen riesigen Sternenhimmel, der sich über uns über den Baumkronen erstreckte. Der Himmel war mondlos und völlig klar, er erstrahlte mit Tausenden von Sternen. Schweigend gingen wir in der Nacht nebeneinanderher. Über uns spürten wir die Gegenwart des Universums, sein leichtes, unendliches, immaterielles Gewicht. Enid zog ihr Handy aus der Tasche. Sie blieb mitten auf der Allee stehen und begann mit über den Kopf erhobenen Armen den Himmel ins Visier zu nehmen. Als sie das Foto machte, wurde das Blitzlicht ausgelöst, und ein weißer Lichtstrahl zerriss die Nacht, überflutete ihr Gesicht und ihre Schultern mit Helligkeit und fixierte einen Moment ihre Silhouette in der Mohairweste zwischen den Bäumen vor meinen Augen. Dann schloss sich die Dunkelheit wieder über uns, noch dunkler, nachdem sie gerade von einem Blitz durchquert worden war. Ich spürte Enid neben mir in der Dunkelheit, die sich über ihr Handy gebeugt hatte, um sich das Ergebnis anzusehen. Sie rückte an meine Schulter und zeigte mir lachend das Foto, auf dem man nichts sah, nur ein verschwommenes, gelbliches Rechteck. Ich erklärte ihr, dass es so gut wie unmöglich sei, den Himmel in der Nacht zu fotografieren. Selbst bei abgeschaltetem Blitz würden die elektrischen Sensoren nichts erfassen können, eben weil es zu dunkel war. Und als ich mich wieder in Bewegung gesetzt hatte, fügte ich mit zum Himmel erhobenem Haupt hinzu, die Pracht des Nachthimmels erfassen zu können sei am Ende doch ein Privileg, das allein unseren Augen vorbehalten sei. Sie schloss zu mir auf, und wir sahen uns in der Dunkelheit an, mit einem Blick, der meinem Gefühl nach voller unausgesprochener Verheißungen war, ein Blick, der ein wenig länger dauerte, als er hätte sein müssen, doch nichts weiter folgte, und wir setzten unseren Weg fort. Als wir kehrtmachten, sahen wir von weitem die in der Nacht leuchtende Fassade des Schlosses Hartwell House. Die Terrassentür stand noch offen, und in den Fenstern den oberen Etagen sah man gelbe Lichter, was auf unsichtbare Aktivitäten in den Zimmern schließen ließ. Enid in ihrer weißen Mohairweste ging mit gesenktem Kopf neben mir. Ich konnte nicht bestreiten, dass mir bei unserem Spaziergang, so allein mit ihr im Dunkeln, kurz der Gedanke gekommen war, ihre Hand zu nehmen, aber es war nie mehr als diese flüchtige Vorstellung gewesen, nie hätte ich wirklich in Betracht gezogen, diese Geste tatsächlich anders als in Gedanken auszuführen. Kurz bevor wir die Terrasse der Residenz erreichten, Enid war mir vier oder fünf Meter vorausgegangen, zog ich in einem plötzlichen Impuls unauffällig mein Telefon aus der Tasche, und ohne es mir auch nur ans Gesicht zu halten, drückte ich es an meinen Oberschenkel und zielte blind ins Dunkel, nahm heimlich ein Foto von ihr auf, wobei mein Herz wie bei einem geraubten Kuss schlug. Als sie sich umdrehte und auf mich wartete, um mit mir gemeinsam die Residenz zu betreten, war jede Spur meiner Schandtat längst beseitigt, ich hatte mein Telefon längst wieder in die Tasche gesteckt. Ich zitterte bei dem Gedanken, sie hätte mein heimliches Spiel entdeckt, aber sie schien davon nichts mitbekommen zu haben. Wir gingen durchs Hotel, durchquerten einen Salon, in dem sich noch ein paar Tagungsteilnehmer unterhielten, und erreichten die Treppe, wo wir uns trennten, um auf unsere Zimmer zu gehen. Noch am selben Abend nahm ich vor dem Schlafengehen im Bett das Foto in Augenschein, das ich gerade von Enid gemacht hatte. Das Foto war verschwommen, körnig, voller parasitärem Rauschen, man konnte nicht mehr sehen als eine dunkle, undeutliche Fläche, aus der sich Enids in Bewegung begriffene Gestalt auf der Terrasse der Residenz hervorhob. Mit zwei Fingern vergrößerte ich den Ausschnitt in Höhe ihres Kopfes, um ihre Gesichtszüge besser sehen zu können. Es war unmöglich, sie auf diesem Bild wiederzuerkennen. Nur ein winziger Teil ihrer Wange hob sich aus dem Halbdunkel hervor, und ihre Nase, die schräge Linie ihrer Augenbraue, eine kleine Strähne ihres rebellischen Haars, die sich über ihrer Stirn kräuselte.

Am nächsten Tag nahmen wir unsere Arbeit im James-Gibbs-Saal wieder auf. Die Bestuhlung im Raum hatte sich geändert, der große, in U-Form aufgestellte Konferenztisch war verschwunden und hatte Platz gemacht für vier runde, mit grünem Filz bedeckte Tische. Die Platzwahl war frei, und ich setzte mich neben Enid Eelmäe. Der Vormittag begann mit einer Podiumsdiskussion zum Thema »Grundlagen eines Nachdenkens über die Zukunft«. Nach einigen einleitenden Wortmeldungen der Teilnehmer auf dem Podium begann die allgemeine Diskussion, die Peter mit gewohntem Geschick leitete, indem er die Diskutanten auf dem Podium in Schwung brachte und die im Saal Sitzenden zur Teilnahme an der Debatte aufforderte. Die Aircondition blies eisige Luft von der Decke, und wer seine Jacke abgelegt hatte, zog sie bald wieder an, einige Frauen bedeckten ihre Schultern mit einem Schal. Einer von Peters Assistenten verließ unauffällig den Raum, um zu versuchen, die Klimaanlage auszuschalten. Er kam wieder in den Raum zurück und schloss leise die Tür hinter sich, während auf dem Podium die Debatte weiterging. Offenbar hatte es nichts genützt, alle zitterten weiter vor Kälte oder holten zusätzliche Pullover. Nach der Debatte stellte Peter dann die beiden Hauptredner des Vormittags vor. Der erste, ein britischer Hochschulprofessor mit indischen Wurzeln, hielt einen brillanten, schlüssigen und gut begründeten Vortrag. Er redete über die unterschiedlichen Auffassungen der Zukunftsforschung in Frankreich und den Vereinigten Staaten. Ich befand mich auf vertrautem Gebiet. Er erwähnte Namen, die in aller Regel von der angelsächsischen Zukunftsforschung außer Acht gelassen wurden. Er beschränkte sich auf weniges und sprach ohne Vorlage. Ich machte mir während des Zuhörens einige Notizen, was mir selten passiert, wobei mir einmal mehr diese ungeschriebene Regel in Erinnerung kam, nach der man häufiger Notizen macht, wenn der

Redner frei spricht, als wenn er seine Rede vom Manuskript abliest. Leider war Letzteres beim zweiten Redner dann der Fall. Ich wusste nicht, wer er war (sein Name sagte mir nichts), und ich wäre auch nicht in der Lage gewesen, wiederzugeben, worüber er gesprochen hat. Er sah aus wie ein Mönch, ein Trappist oder Zisterzienser, hatte eine Topffrisur, eine dicke Nase, das graue Haar hing ihm in Fransen in die Stirn (man hätte meinen können, dass er seinen eigenen Käse herstellte). Er stand neben der Leinwand und las seine Rede monoton herunter, wobei er mühsam zwischen seinen Papieren und der Fernbedienung hin und her jonglierte, mit der er durch seine Dias führte. Die PowerPoint-Präsentation war eine recht überflüssige Kopie seiner Rede, mit katastrophalen Grafiken, begleitet von vermeintlich »amüsanten« Texten, die von erschütternder Komik waren. Nehmen Sie zum Beispiel Karl Marx, sagte er, und er ließ auf der Leinwand einen coolen Karl Marx erscheinen, der die Finger zu einem Victory-Zeichen in die Luft streckte, wie ein japanischer Teenie in sozialen Netzwerken. Unter dem Foto eine Bildunterschrift in einer knospenden und gewundenen, orangefarbenen Typografie, die irgendein unvordenkliches Sahnestück der Strategischen Zukunftsforschung einer wünschenswerten und erstrebenswerten Zukunft ausdrücken sollte. Ich tauschte mit Enid einen komplizenhaften Blick aus, sie lächelte mich an und verdrehte die Augen nach oben.

Wie nicht anders zu erwarten, zog sich der Vortrag endlos hin (eine weitere, oft beobachtete ungeschriebene Regel lautet: je weniger interessant die Redner, desto länger ihre Reden). Im Übrigen schien niemand mehr im Saal dem Zisterzienser zuzuhören. Man ließ den Blick zu den Wänden schweifen, an denen Porträts der Edelleute von Buckinghamshire hingen, oder schaute zerstreut auf sein Telefon im Schoß. Ich bemerkte, wie am Nebentisch die Finnin einen ihrer Pumps vom Fuß gestreift hatte und mit dem Spann träge über den Teppich strich. Ich beobachtete ihren nackten Fuß unter dem Tisch, die gepflegten Nägel mit dem purpurroten Nagellack, der etwas ganz und gar Beunruhigendes, ja Erotisches hatte. Ich griff mir von meinem Tisch die Broschüre mit den Fotos und Werdegängen der Teilnehmer und las mir ihren Lebenslauf durch, sie arbeitete für das finnische Verteidigungsministerium, eine Information, die mir ihre schrill angemalten Zehennägel wegen des Kontrasts zu ihrer beruflichen Tätigkeit noch zwielichtiger erscheinen ließen. Etwas später – unser Trappist vor der Leinwand war immer noch nicht fertig – bemerkte ich, dass sich einer der Teilnehmer am Nebentisch ins Internet eingeloggt und die Finnin gegoogelt hatte, er schaute sich Bilder von ihr auf seinem Laptop an (er hielt den Mac auf seinen Oberschenkeln, aber ich hatte zufällig über seine Schulter hinweg einen schnellen Blick auf den Bildschirm geworfen). Als der Redner bereits mindestens fünf Minuten über die ihm zugeteilte Zeit hinaus war, bemerkte ich, wie sich Peter unruhig auf seinem Stuhl hin und her zu schieben begann. Er schrieb etwas auf ein Blatt Papier, stand auf und ging verstohlen an der Wand entlang, um sich auf der anderen Seite des Saals in der Blickachse des Redners zu positionieren. Peter hob den Arm und schwenkte das Blatt in dessen Richtung. Der Redner unterbrach sich. Er konnte nicht lesen, was dort stand, also schaute er Peter fragend an. Zwei Minuten, sagte Peter nun mit lauter Stimme, was das Publikum aus seiner Apathie riss und einige Lacher zur Folge hatte. Der Redner, der mit einem unschuldigen Lächeln im Gesicht dachte, er bringe die Leute zum Lachen, während man sich über ihn lustig machte, hatte es nun plötzlich eilig und beendete seine Rede mit einem letzten Witz. Was ist der Unterschied zwischen einem Diplomaten und einem Kamel? Das Kamel kann sehr wenig trinken und mehrere Monate am Stück arbeiten, während der Diplomat trinken und trinken kann, ohne jemals zu arbeiten. Sehr komisch, sagte Peter eisig und begann ihm zu applaudieren, um zu verhindern, dass der Redner noch die geringste Anwandlung hätte, seinen Vortrag fortzusetzen. Ich schloss mich unlustig dem Applaus an (Witze machen mich müde).

Nach einer zwanzigminütigen Pause, in der Kaffee und Tee in einem angrenzenden Empfangssalon auf uns warteten, fand im James-Gibbs-Saal der Eröffnungsvortrag von Scott Adams statt (»Die Zukunft denken«, wie es im Programm hieß). In seiner Einführung sagte uns Peter, Scott Adams sei zweifellos der vielversprechendste Zukunftsforscher seiner Generation. Scott Adams, überraschend zurückhaltend, hörte mit zweideutigem Lächeln zu. Es lag etwas Unverschämtes in seinem Blick, etwas Böswilliges oder zumindest Unhöfliches. Er stand regungslos neben Peter und schien seine Messer zu wetzen oder auf seine Stunde zu warten (als ob er dachte: »Warte nur, du wirst schon sehen«). Sobald Peter ihm das Wort erteilte, übernahm er gleich den ganzen Raum, nahm ihn in seinen Besitz. Mit dem Mikrofon in der Hand begann er im Saal auf und ab zu wandern und bewegte sich wie ein wildes Tier zwischen den Tischen. Er war jetzt angekommen. Er zog seine Show ab, und man musste anerkennen, dass er Charisma hatte. Aber ich verstand auch sehr schnell, dass die Dinge nicht wie geplant abliefen. Ich erfuhr erst später, Peter hatte es mir im Vertrauen mitgeteilt, was sich hinter den Kulissen bei der Vorbereitung der Tagung abgespielt hatte, dass Scott Adams der Meinung war, dass die in Hartwell House seit jeher gelehrte Methode *old school* sei, ja sogar völlig veraltet. Aber Peter hatte nicht nachgegeben, er wolle seine Methode nicht mit jedem neuen Gast ändern. Während ihrer Vorbereitungsgespräche, so erzählte mir Peter, musste er sich argumentativ durchsetzen, bevor Scott

Adams ihm widerwillig zustimmte, in der Hartwell-House-Methode zu unterrichten. Für alles andere hatte er ihm Carte blanche gegeben, damit er seine neuen experimentellen Ansätze darlegen konnte, die er entwickelt hatte, um die Zukunft zu erfassen. Doch einmal in Aktion, konnte es sich Scott Adams mit seinem krankhaften Geist nicht verkneifen, die Meinungsverschiedenheiten mit Peter öffentlich zu machen und das Publikum wissen zu lassen, dass er sich von der Methode, die er vorzustellen hatte, distanzierte. Mit beißender Ironie ließ er die vier Phasen der Methode von Hartwell House Revue passieren, zählte sie mit Verachtung auf, *scoping, ordering, implications, integrating futures,* als ob es sich um vier alte Traktoren aus vorsintflutlicher Zeit handelte, mit denen wir beim Bestellen der fruchtbaren Felder der Strategischen Zukunftsforschung, so wie er sie verstand, schön weit kommen würden. Bevor er auf die Details der einzelnen Phasen einging und uns dabei auch die allerletzten Illusionen zerstörte, die wir von der Ergiebigkeit der einen oder anderen Phase hätten haben können, ergriff er die Gelegenheit, um wie nebenbei eine letzte Spitze gegen die Methode der Szenarien zu lancieren, von der er nur allzu gut wusste, dass es diejenige war, die Peter für unsere *live challenge* gewählt hatte. Ach so, die Methode mit den Szenarien?, sagte er mit spöttischem Lächeln. Sehr nett ist das alles, wie aus dem Schulbuch und sehr didaktisch, mit den zwei Hauptströmungen und den Plus- und Minus-Polen. Das kommt alles von Shell, wie Sie ja wissen, aber Sie müssen zugeben, dass es nicht gerade der neueste Stand ist. Ich war – ich weiß nicht, Sie vielleicht?, fragte er ziemlich unverschämt – zu der Zeit noch nicht geboren, und er fing an albern zu feixen. Er lachte nicht, er lächelte nicht, er feixte nur albern. Das Leben brachte diesen Mann zum Feixen. Die Methode von Hartwell House brachte ihn zum Feixen. Die Zukunft brachte ihn zum Feixen. Und natürlich brachten auch wir ihn – die wir schweigend dasaßen und ihm in religiöser Andacht konzentriert zuhörten – zum Feixen, zumeist mit Wohlwollen angesichts unserer armseligen Unwissenheit (deretwegen er bereit war, ein wenig Milde walten zu lassen), manchmal auch mit größter Schärfe, wenn ihm eine Frage gestellt wurde, in der er nur den Schatten eines Zweifels oder eines kritischen Blicks wahrnahm. Ich beobachtete Peter, der in seinen Sitz versunken war und mit düsterer Miene zuhörte, unfähig zu reagieren (ich konnte spüren, wie es in seinem Inneren brodelte, wie er, zutiefst gekränkt, bereit war aufzuspringen, um ihm das Mikrofon aus den Händen zu reißen für eine feierliche Richtigstellung). Die Spannung war im ganzen Raum zu spüren, die Stimmung schrecklich, und wir waren erst bei der Eröffnungsrunde. Übrigens entwickelten sich die Dinge danach nicht besser, weit entfernt. Von Peter hatte ich erfahren, dass die Krisensitzung, die nach dem Mittagessen hinter verschlossenen Türen in der Bibliothek stattgefunden hatte, außerordentlich turbulent verlaufen war. Scott Adams sei aus allen Wolken gefallen und habe keine Einsicht gezeigt, was er so Strafbares getan haben sollte. Aber Peter und seine Assistenten waren am Ende ihrer Geduld angekommen, angesichts neuer, herablassender Spotttiraden (je mehr er im Irrtum ist, desto arroganter wird er, sagte mir Peter), und die Trennung sei vollzogen worden. Peter hatte versucht, ihn ganz aus dem Spiel zu nehmen (vergeblich, er hatte einen Vertrag), und Scott Adams sprach kein Wort mehr mit ihm. Bis zum Ende der Tagung begegnete man Scott Adams nur noch ab und zu auf den Wegen vor Hartwell House. Er tauchte nur noch bei seinen eigenen Übungsstunden im James-Gibbs-Saal auf (den er in Scott-Adams-Saal umbenannt hatte), zu denen er verspätet eintraf, exzentrisch und kapriziös, um uns flapsige, brillante und ausgefallene Darbietungen zu liefern. Den Rest der Zeit hing er am Telefon. Man sah ihn auch barfuß in einem Liegestuhl auf der Terrasse Shakespeare lesen oder im Park spazieren gehen, umgeben vom letzten Häuflein seiner ihm treu ergebenen Gefolgschaft.

Der Nachmittag war nun der *live challenge* gewidmet. Als Peter zu Beginn der Sitzung im James-Gibbs-Saal die Aufteilung der Arbeitsgruppen verkündete – die Abwesenheit von Scott Adams blieb nicht unbemerkt, er verließ den ganzen Nachmittag sein Zimmer nicht –, wurde mir klar, dass es mir völlig egal war, an welchem Szenario ich arbeiten würde, das Einzige, was für mich zählte, so sinnlos es auch erscheinen mochte, war zu wissen, ob ich in die gleiche Gruppe mit Enid Eelmäe kam. Mein Wunsch wurde nicht erhört, Enid wurde der Gruppe zugeteilt, die über das finsterste Szenario arbeiten sollte (konservative Werte und Knappheit der Ressourcen), wohingegen ich, ein kleiner Trost, das harmloseste Szenario bekam. Die vier Gruppen konnten nicht alle gleichzeitig im James-Gibbs-Saal arbeiten, der Lärm der Stimmen und das Durcheinander der Gespräche hätten eine regelrechte Kakophonie verursacht. Nur zwei Gruppen blieben im Raum, eine dritte zog sich in den Teeraum zurück, und die letzte, die Gruppe von Enid Eelmäe, wurde aufgefordert, die Bänke und niedrigen Couchtische der Lobby des Nebengebäudes zu nutzen, wo sich auch der Eingang der Schwimmhalle befand (und so war es nichts Ungewöhnliches, erzählte mir Enid später, wenn man während der Arbeit irgendeinen Kurgast im Bademantel und mit quietschenden Badeschlappen auf dem Weg ins Spa vorbeikommen sah). Nach der Aufteilung der Gruppen setzte sich unsere fleißige Versammlung in einem großen Stühlerücken in Bewegung. Jeder hatte sich mit Sack und Pack auf den Weg zu dem ihm zugewiesenen Platz gemacht, ein regelrechter Almauftrieb. Ich für meinen Teil hatte nicht sehr weit wandern müssen, ich musste nur den Saal durchqueren. In meiner Gruppe waren eine Mexikanerin, die Generaldirektorin der Planungskommission, eine Amerikanerin, die für das Pentagon arbeitete, ein australischer Professor, ein ehemaliger nigerianischer Minister und eine Forscherin aus Brunei. Bei solchen Treffen gibt es immer zurückhaltende und auch andere, redegewandtere Teilnehmer, die die Diskussion an sich ziehen. Manche Leute, die vielleicht eher gewohnt sind, Anordnungen zu erteilen und Teams zu führen, behaupten schneller ihre Dominanz und übernehmen sofort die Leitung. In unserer Gruppe war das die Mexikanerin Carmen Zuniga mit ihrem üppigen schwarzen Haar, ihrem Goldschmuck und einem Kostüm aus melierter Wolle. Da ein Szenario bis zum Jahr 2030 erstellt werden musste, stellte sie sich gleich zu Beginn die Frage nach der subjektiven Wahrnehmung, die man vom Jahr 2030 haben konnte. So sehr dieses Datum auf den ersten Blick wie ein weit von 2016 entferntes Datum erscheinen mag, sagte sie, würde es genügen, um eine Vorstellung vom tatsächlichen zeitlichen Abstand zu bekommen, der uns von 2030 trennt, wenn man sich einmal umdreht und zurückschaut und feststellt, dass die Distanz, die uns heute von 2030 trennt, in etwa gleich groß ist wie jene, die uns von 2001 trennt. Und erscheint Ihnen 2001 etwa so weit weg in der Vergangenheit?, fragte sie. Man war sich am Tisch einig, dass 2030 trotz des Anscheins ein viel näherliegendes

Datum sei, als man es zuerst dachte, und dass es mitnichten eine utopische oder chimärenhafte Zukunft sei, auf die wir keinen Zugriff hätten. Das Gegenteil ist der Fall, bis zu diesem Zeitpunkt ist die Zukunft in unserer Gegenwart bereits weitgehend im Keim enthalten. Um ihre Frage weiter einzugrenzen, erklärte Carmen Zuniga, dass das Ziel Europas für 2030 im Versuch bestehen könnte, im Gegensatz zu dem *ring of fire*, den Peter Atkins erwähnt hatte, einen *ring of prosperity* zu schaffen, der durch eine europäische Politik zielgerichteter Subventionen umgesetzt werden würde. Die Amerikanerin Linda Smith, mit kurzem Haar und Brille und im geblümten Kleid, stimmte, während sie noch eilig etwas auf ihren Notizblock schrieb, der Bemerkung vehement zu. Sie hob den Kopf und fügte hinzu, dass man eine solche Politik an das anlehnen könnte, was seinerzeit der Marshallplan war. Der australische Professor, der stumm und mit verschränkten Armen neben ihr saß, gab nie seine misstrauische skeptische Haltung auf und schien grundsätzlich alles, was am Tisch gesagt wurde, zu missbilligen. Im Gegensatz zu den anderen Anwesenden, die ständig mit zustimmender Kopfbewegung ihr Einverständnis mit dem Sprecher bekundeten, konnte er nicht anders, als mit seinem Kopf ein unmerkliches »Nein« zu machen. Ohne weiter auf ihn zu achten, begann Carmen Zuniga daraufhin mit umfassenden theoretischen Ausführungen. Meine Aufmerksamkeit begann bereits zu verfliegen, und ich fing an, mich umzusehen. Meine Gedanken wanderten ziellos umher, ich hörte nur mit halbem Ohr dem zu, was am Tisch gesagt wurde. Ich hätte noch lange so verloren in meinen Tagträumen verharren können, wenn ich nicht durch die plötzliche Ankunft von Viswanathan Ajit Pai aus meiner Lethargie geweckt worden wäre.

Viswanathan Ajit Pai war gerade erst in Hartwell House eingetroffen. Er hatte sich nicht einmal die Zeit genommen, an der Rezeption vorbeizuschauen und seine Sachen aufs Zimmer zu bringen. Er hatte immer noch seinen Rollkoffer in der Hand und den Rucksack auf der Schulter, genauso wie am Vortag, als wir uns in der Bahnhofshalle von St. Pancras getrennt hatten. Er wurde von Peter Atkins begleitet, der ihm in den Saal vorausging. Ich sah sie in meine Richtung kommen und darauf achten, keinen Lärm zu machen, um unsere Arbeit nicht zu stören. Das Gespräch an unserem Tisch wurde nicht vollständig unterbrochen, es kam einfach nur ins Stocken, und Carmen Zuniga, etwas verunsichert, redete weiter, während sie ab und zu heimliche Blicke auf den eintretenden Neuankömmling warf. Bei mir angekommen, beugte sich Peter zu mir und erklärte mir leise ins Ohr, dass Viswanathan zu unserer Gruppe gehören würde. Ich solle mich um ihn kümmern, ihn über unsere bisherige Arbeit informieren und ihn auf den aktuellen

Stand bringen. Er holte einen Stuhl für ihn, und Viswanathan setzte sich ohne jede Verlegenheit an unseren Tisch, mit der Leichtigkeit eines Ministers, der, gerade erst aus dem Flugzeug ausgestiegen, geradewegs zu einem Treffen erscheint. Anstelle einer Vorstellung nickte er nur leicht mit dem Kopf, um unser Gespräch nicht zu stören, und ich fand kaum die Zeit, mich zu ihm zu beugen, um ihm flüsternd den Stand der Diskussion zu resümieren (auch wenn ich selbst keine Ahnung davon hatte), bevor er sich auch schon nicht nur an unserer Diskussion beteiligte, sondern auch deren Leitung übernahm. Mit seinem Adlerblick, seinem scharfen Verstand und der Wendigkeit eines Aals, die er auch sonst in Gesellschaft an den Tag legte, hatte er die Themen, um die es in unserer Debatte ging, im Handumdrehen erkannt und wurde zum neuen Diskussionsleiter, ohne die geringste Rivalität mit Carmen Zuniga einzugehen. Im Gegenteil, ihre Begabungen ergänzten sich, sie schienen sich gegenseitig zu schätzen, und von da an war es eine zweiköpfige Führung, die unsere Arbeit lenkte. Kaum hatte sich Viswanathan gesetzt, seine Jacke ausgezogen und tastend über die Rückenlehne des Stuhls gehängt, stieg er voller Enthusiasmus und Umschweife in das Gespräch ein, erklärte uns, dass in der optimistischen Perspektive, die wir in unserer Gruppe verträten, Europa mit den zu erwartenden Entwicklungen in den Bereichen künstlicher Intelligenz, vertieften Lernens und neuronaler Netze bis 2030 zu einer sagenhaften vollautomatisierten Gesellschaft werden würde, in der viele Aufgaben des öffentlichen Lebens von Algorithmen übernommen werden könnten.

Wir trafen uns auf diese Weise jeden Nachmittag und setzten unseren Workshop fort. Ich weiß nicht, ob es etwas mit dem in Ungnade gefallenen Scott Adams zu tun hatte, aber wir wurden bei unseren Untersuchungen in keiner Weise von außen geführt und bekamen keinerlei Anweisungen, mit welcher Methode wir unser Szenario zu entwickeln hätten. Die Übung bestand letztendlich darin, so etwas wie eine einfache allgemeine Aussprache über die Gesellschaft im Jahr 2030 zu führen, bei der sich einige Themen unter dem gemeinschaftlichen Dirigieren von Carmen Zuniga und Viswanathan Ajit Pai als besonders dominant herauskristallisiert hatten. Auch Linda Smith hatte ihren Beitrag zum Aufblühen unseres Septetts geleistet, während ich für meinen Teil nur dann und wann ein argumentatives Solo eingelegt hatte (zum Thema Blockchain und Quantencomputer), einfach um den eigenen Klang meines Instruments zu Gehör zu bringen. Die anderen aus unserer Gruppe hörten nur schweigend den von uns produzierten musikalischen Linien zu, den Arabesken, die wir entfalteten, den komplexen und raffinierten intellektuellen Volten, die wir erarbeiteten (und in diesem Punkt war Viswanathan Ajit

Pais Virtuosität beispiellos). Wohingegen der australische Professor weiterhin mit verschränkten Armen trotzige Zurückhaltung demonstrierte und die Forscherin aus Brunei unter ihrem islamischen Schleier keinen einzigen Mucks von sich gab.

Am zweiten Tag kam es an unserem Tisch plötzlich zu Meinungsverschiedenheiten. Wir waren der Überzeugung, dass Europa bis zum Jahre 2030 zu einem weltweiten Vorbild im Bereich der nachhaltigen Wirtschaft geworden wäre. Die Wirtschaft würde in einem geschlossenen Materialkreislauf funktionieren und hätte das utopische Ziel von null Abfallproduktion durch die Einführung eines übergreifenden regenerativen Systems erreicht, und wir waren dabei, die verschiedenen Bereiche durchzugehen, in denen ein entsprechendes Recycling möglich war, scheuten uns nicht, auch recht waghalsige Vorschläge zu machen, als der australische Professor, der bis dahin unseren Spekulationen mit verschränkten Armen zugehört hatte, schließlich seine Lippen lockerte und sagte: »Ja, und was sonst noch alles, warum nicht gleich die Toten recyceln!« Seine Bemerkung wirkte auf uns wie eine kalte Dusche. Es gab einen Moment, wo wir alle schwiegen, bis Viswanathan Ajit Pai die Stille durchbrach. Aber ja, aber ja,!, hatte er ausgerufen und war auf seinem Stuhl auf und ab gehopst – warum nicht? Und er nahm die Äußerung als Arbeitshypothese mit in unser Papier auf, die Wiederverwertung der Toten, und schlug vor, die Idee wortwörtlich zu nehmen. Bei jedem Sterbefall könnte man eine selektive Sortierung vornehmen, Priorität käme dem Sammeln der am meisten nachgefragten Organe zu, es fehlen so viele Organe für Transplantationen, Nieren, Hornhaut der Augen, Bauchspeicheldrüse. Carmen Zuniga sagte, der Vorschlag sei gewagt, aber er entspreche sehr wohl dem Geist dessen, was wir bei der Entwicklung solcher Szenarien anstreben würden. Wir dürften nicht zögern, derartige Konstellationen auch überspitzt darzustellen. Nachdem sie nachgedacht habe und ohne die Dinge auf die leichte Schulter zu nehmen, sagte sie, sei sie dafür, den Vorschlag in unser Szenario zu integrieren. Ich schloss mich ihrer Meinung an, ebenso Linda Smith. Mit schüchterner Stimme, aber klar und deutlich, sagte die Forscherin aus Brunei, dass dies ihrer Meinung nach nicht »schicklich« sei. Ganz offensichtlich standen sich jetzt zwei Lager an unserem Tisch gegenüber. So wandten wir uns an Onyekwere Chikwere, den ehemaligen nigerianischen Minister, der mit zusammengekniffenen Augen listig auf seinen Moment wartete. Von Beginn unserer Diskussionen an hatte er sich zurückgehalten, war distanziert und sogar hochmütig geblieben, hatte sich nur selten geäußert, nur dann, wenn es um Entscheidungen ging, als ob die endgültige Entscheidung in letzter Instanz ihm zustünde. Er nahm sich Zeit zum

Nachdenken, regungslos, beide Hände unter dem Kinn verschränkt – alle Augen hingen an seinen Lippen – und nickte schließlich zustimmend. Ja, sagte er. Danke, Herr Minister, sagte Viswanathan sofort und beeilte sich, dem Vorschlag sozusagen Rechtsgültigkeit für unsere Ergebnisse zu verleihen, indem er ihn auf seinen Block notierte (ich weiß nicht, ob er in sein »Danke, Herr Minister« einen ironischen Unterton gelegt hatte, für mich schien es formal ebenso richtig wie hintenrum frech).

Als wir an diesem Nachmittag den James-Gibbs-Saal verließen und wieder durch die Allee zur Residenz zurückgingen, nahm mich Viswanathan zur Seite und vertraute mir an, dass er jedes Mal, wenn er an dieser Art von Klausurtagungen mit Zukunftsforschern teilnehme, immer dasselbe Gefühl bekomme, er habe den Eindruck, an einem Rollenspiel teilzunehmen. Du kennst den Ausdruck *suspension of disbelief*, nicht wahr, sagte er, es ist etwas, das man im Schauspielunterricht lernt, es ist der Punkt, von dem an du aufhörst, dich kritisch gegenüber dem Geschehen zu verhalten, und du ihm vollständig beistimmst. Nun, genauso passiert es in der Zukunftsforschung. Manchmal habe ich den Eindruck, wenn einer uns von außen zusehen und unsere Hypothesen hören würde, er sich wirklich fragen könnte: »Was zum Teufel haben diese Typen geraucht?« Das berühmteste Beispiel, fügte er hinzu, als wir die Residenz betraten, ist die

Szene in Richard III., weißt du, die Szene, in der Richard sich Lady Anne, der Frau seines Bruders, zuwendet und ihr sagt, dass er sie liebt, als er gerade seinen Bruder umgebracht hat. Er blieb in der Halle stehen, um die Szene für mich nachzuspielen (er übernahm die Rolle des Richard und wandte sich an mich, als sei ich Lady Anne). Er gesteht ihr nicht nur, dass er seinen Bruder getötet hat, sondern er sagt ihr auch noch, dass er sie heiraten will!, rief er. Wir standen uns in der Halle der Residenz gegenüber. Das ist doch überhaupt nicht wahrscheinlich, und doch wundert sich der Zuschauer nicht, weil die Szene von einer derart überwältigenden Dramatik ist, dass jedes kritische Urteil über die Unwahrscheinlichkeit der Situation bei ihm außer Kraft gesetzt wird. Trinkst du ein Bier mit mir, sagte er, und als er mich schon zur Bar zog, fügte er hinzu, dass dies ein zentraler Gedanke der Zukunftsforschung sei, die *suspension of disbelief*. Wenn man mit Szenarien arbeitet, ist es unerlässlich, dazu in der Lage zu sein, sonst hat es keinen Sinn. Er bestellte zwei Bier an der Bar und erklärte mir, dass diese willentliche Aussetzung der Ungläubigkeit, um es kurz zu fassen, ein kognitives Simulationsexperiment sei, das darin bestand, uns bereit zu erklären, alle Facetten einer auf den ersten Blick unglaubwürdig erscheinenden Fiktion zu erforschen, im Wissen, dass die Entdeckungen, die wir im Laufe unserer Untersuchungen machen würden, schließlich irgendwann einmal zu einem späteren Zeitpunkt eine Anwendung in der Realität finden könnten, wenn wir unseren kritischen Geist wiedergefunden hätten. Schließlich, sagte er und unterbrach sich. Er hob sein Glas, betrachtete es einen Moment lang nachdenklich und beendete den Satz nicht, er gab seine Erklärungen auf. Er trank einen Schluck Bier und stellte sein Glas mit einem genüsslichen Seufzer ab. Um seine Lippen hatte sich ein dünner Schnurrbart aus Bierschaum gebildet. Ich sagte ihm, dass auch ich mein kritisches Denken in den letzten Tagen hatte ruhen lassen.

Am Nachmittag des abschließenden Tages versammelten sich alle Teilnehmer ein letztes Mal im James-Gibbs-Saal zur Präsentation der Ergebnisse der *live challenge*. Als ich den Raum betrat, ging ich zu den Mitgliedern meiner Gruppe. Alle Tische im Saal, in dem reges Stimmengewirr herrschte, waren bereits besetzt, man wartete auf den Beginn der Sitzung. Eine behelfsmäßige Bühne war unter der Leinwand des Videoprojektors errichtet worden, darauf zwei Sessel und ein Couchtisch mit Wasserflaschen und Mikrofonen. Peter Atkins erschien gefolgt von einem bärtigen Mann im Lodenmantel. Peters Anliegen war es, für jede unserer Tagungen einen Spezialisten zum Thema der *live challenge* hinzuzuziehen. In diesem Jahr handelte es sich um Gianfranco Paolini, der für den Europäischen Auswärtigen Dienst, den diplomatischen Dienst der EU, arbeitete. Er war am selben Morgen aus

Brüssel eingetroffen. Er legte seinen Loden ab und nahm seinen Platz auf der Bühne ein. Er war ein Mann um die fünfzig, mit einem Salz-und-Pfeffer-Bart, Anzug aus geripptem Cord, kariertem Hemd und weinroter Krawatte. Peter hatte ihn eingeladen, damit er die Aussagekraft unserer Ergebnisse evaluiert, er diente sozusagen als virtueller Kunde, der eine Zukunftsstudie zu dem Thema bei uns in Auftrag gegeben hatte. Nach einer kurzen Vorstellung des Gasts wurde der ersten Gruppe (der Gruppe von Enid Eelmäe) das Wort erteilt. Ich wusste von Enid, die es mir erzählt hatte, dass die Arbeit in ihrer Gruppe schlecht verlaufen war. Alle seien verstummt, weil unter ihnen eine Person war, die die anderen nicht zu Wort kommen ließ, eine zuerst sehr zurückhaltend, fast schüchtern auftretende Frau, die sich, sobald sie mit der Arbeit begonnen hatten, gründlichst in ihre Diskussionen eingemischt und dabei jede Zurückhaltung und professionelle Distanz verloren hatte. Sie hatte eine sehr klare Vorstellung von der Aufgabenstellung, von der sie keinen Millimeter abwich und sich jedem Dialog verweigerte. Entweder zerstritten sich die Mitglieder der Gruppe mit ihr oder sie gaben ihr nach. Enid hatte mir berichtet, sie könnte nicht verstehen, wie man so viel Aufregung in eine Diskussionen tragen konnte, wo es sich doch nur um ein Rollenspiel handelte. Diese Frau hat echt Feuer gefangen, hatte sie mir gesagt. Für sie war es kein Spiel mehr, es war, als hinge ihr Leben davon ab.

Und das alles, um uns klarzumachen, dass die Welt direkt auf den Abgrund zusteuere. Natürlich, ich weiß, man hatte uns das negative Szenario zugeteilt, hatte Enid zu mir gesagt, aber trotz allem, eine derart apokalyptische Vision! Die Gruppe von Enid Eelmäe wurde von einer sehr dünnen, ganz in Schwarz gekleideten Frau mit dunklem Haar und hohlen Wangen vertreten, die die Ergebnisse vorstellen sollte. Als sie aufstand, ahnte ich schon, dass es die Frau sein musste, von der Enid mir erzählt hatte, eine Erscheinung wie eine Pythia, mit bleichem Teint und langem schwarzem Zopf mit weißen Strähnen. Mit leidenschaftlichem Blick begann sie, von einem Blatt Papier in ihrer Hand abzulesen. Das alte Europa mit seiner schrumpfenden Bevölkerung steht im Jahr 2030 vor schlimmstmöglichen Energieproblemen. Durch die aufgrund intensiver Landwirtschaft verursachte Umweltverschmutzung ist die Versorgung mit Süßwasser problematisch geworden. Wegen der globalen Erwärmung wird das Trinkwasser knapp. Die Fischereiflotten des Kontinents sind seit dem totalen Zusammenbruch der Fischbestände in der Nordsee stillgelegt. In diesem Moment öffnete sich die Tür des Saals und Scott Adams trat ein. Er kam in den Raum, ohne ein Geräusch zu machen, und versuchte erst gar nicht, sich zu setzen, obwohl es noch freie Plätze gab. Er lehnte sich für alle sichtbar an die Wand, verschränkte die Arme und schaute sich, wobei er der Rednerin zuhörte, mit unverschämtem

Blick um und wusste genau, dass die meisten Augen jetzt auf ihn gerichtet waren. Sein Auftauchen hatte augenblicklich für Unbehagen im Saal gesorgt. Ich konnte die Verärgerung Peter Atkins' erkennen, seinen bösen Blick, seine Unsicherheit, ob er aufstehen sollte und ihn bitten, den Saal zu verlassen, oder ihn an der Veranstaltung teilnehmen lassen, um dann während der gesamten Besprechung seinen Sarkasmus und seine spöttischen Blicke ertragen zu müssen. Die Frau fuhr fort, ihre gnadenlose Klagerede ins Mikrofon zu verlesen. Fortschritte in der Technologie können diesen Niedergang in keiner Weise bremsen, denn die Technologie ist nur ein Spiegelbild der in der Gesellschaft herrschenden Werte. Als sie ihren Vortrag beendet hatte, setzte sie sich hin. Es gab einen Moment des Zögerns, niemand applaudierte. Scott Adams lächelte spöttisch. Peter Atkins nahm das Mikrofon und begann mit einem sehr allgemein gehaltenen Kommentar zu dem, was man gerade zu hören bekommen hatte, aber man spürte, dass er ins Leere sprach. Uninspiriert suchte er nach Worten, war mit seinen Gedanken woanders, seine Aufmerksamkeit war ganz in Anspruch genommen durch die störende Anwesenheit von Scott Adams. Er kürzte seinen Beitrag ab und erteilte sogleich der zweiten Gruppe, die an dem Szenario, genannt »Imperium Europa«, gearbeitet hatte, das Wort. Der Sprecher der Gruppe machte eine präzise, scharf umrissene Präsentation und entwickelte einige originelle

Ideen, die unsere Debatte bereicherten. So war es auch bei der dritten Gruppe, wo die Sprecherin, eine Dame mit sanfter Stimme, auf eine intellektuellere, literarische Weise das Szenario »Soziale Gemeinschaft« vorstellte. Die Beiträge waren jeweils auf einem hohen Niveau, gut vorgetragen und begründet. Ein Niveau, in etwa der Art von Überlegungen, die von den besten Thinktanks angestellt werden, die im Bereich der internationalen Politik immer besonders nützlich gewesen sind. Aber was ich bei dieser Übung beunruhigend fand, war, dass alles, obwohl die Teilnehmer sehr schlüssige und gut strukturierte Reden gehalten hatten und man ebenso Scharfsinn wie auch oft subtile Intuitionen spüren konnte, letztlich nur auf Sand gebaut war. Denn in Wahrheit verfügten wir über keinen wirklichen Baustein zur Beurteilung der Fragen, die uns gestellt wurden, und selbst wenn wir über alle erreichbaren Informationen verfügt hätten, waren und wären unsere Ergebnisse, die wir hätten vorschlagen können, ohne jeden Einfluss auf die Wirklichkeit geblieben. Nun waren wir aber von Leuten umgeben, die es gewohnt waren, über etwas nachzudenken, die es verstanden, ihr Denken zu analysieren und zu strukturieren, und es gelang ihnen, ich hatte den Beweis vor Augen, ihre Schlussfolgerungen auf eine rationale, die gegensätzlichen Elemente vereinende, sinnvoll zusammengestellte Weise zu präsentieren. Sie machten mir alle den Anschein, ihr Fachgebiet gut zu kennen und das

Thema zu beherrschen, aber im Grunde genommen war es nur heiße Luft – und da schien es mir, dass es durchaus an die Situation erinnerte, in der sich Politiker ständig befinden.

Die Sprecherin der dritten Gruppe war gerade dabei, über den Brexit zu referieren, und ich dachte mit bitterer Ironie, dass niemand, auch wenn die Brexit-Hypothese tatsächlich hier und da in einigen der früheren Szenarien, an denen ich beteiligt war, aufgetaucht war, auf die verrückte Idee gekommen war, jetzt, wo das Ergebnis des britischen Referendums bekannt war, die alten Unterlagen noch einmal zu öffnen, um zu sehen, was darin steht. Alles lief so, als ob die Zukunftsszenarien, die wir hier so sorgfältig erarbeiteten, nur im Moment ihrer Entstehung Gültigkeit hatten, und sobald der Zeitpunkt gekommen war, wo die Wirklichkeit der Zukunft die Ergebnisse, zu denen wir gelangt waren, auf die Probe stellen könnte, wir nur wieder dazu aufgefordert waren, zu etwas anderem überzugehen und uns neue Szenarien für die Zukunft auszudenken. Auf diese Weise, so fürchte ich, produzierten wir eine ewige Routine, wie der Hamster im Rad, den Blick beständig auf die Horizontlinie gerichtet, an der sich die Zukunft abzeichnet. Das ist übrigens eine der sich wiederholenden Achillesfersen der Zukunftsforschung, dass die Empfehlungen, die wir geben, keine oder sehr selten Auswirkungen auf die Wirklichkeit haben. So brillant unsere Analysen sein mögen und so scharfsinnig unsere Vorahnungen, die Gelenkfunktion bleibt zu schwach, der Treibriemen zwischen Ergebnissen, zu denen wir gekommen sind, und den Entscheidungen, die dann von den politischen Entscheidungsträgern tatsächlich getroffen werden, ist defekt. Denn die Politiker neigen nur in den seltensten Fällen dazu, bei ihren Entscheidungen einen längeren Planungshorizont in Erwägung zu ziehen, aus dem naheliegenden Grund, weil die den Anforderungen der Langfristigkeit entsprechenden Maßnahmen ihre Auswirkungen, wenn überhaupt, erst viel später haben, zu einem Zeitpunkt also, zu dem diejenigen, die sie getroffen haben, nicht mehr im Amt sind. Welchen Sinn also hätte es, schwierige und unpopuläre Entscheidungen zu treffen, wenn man keinen Nutzen für die nächsten Wahlen daraus ziehen kann? Besonders auffällig ist dies heute auf dem Gebiet des Klimawandels, wo die dringlichsten grundsätzlichen Maßnahmen dauernd auf später verschoben werden.

Als die Sprecherin der dritten Gruppe ihren Beitrag beendet hatte, hob Scott Adams die Hand, um eine Frage zu stellen. Sofort entstand eisige Kälte im Saal, die unsichtbare Spannung im Raum lebte wieder auf. Scott Adams hielt weiter die Hand erhoben mit einem Rest eines frechen Lächelns auf den Lippen. Peter sah zu ihm herüber und wusste nicht, wie er reagieren sollte. Das Schweigen hielt an, man spürte, wie sich ein symbolisches Armdrücken zwischen den beiden entspann. Der Repräsentant der EU auf dem Podium schien etwas aus der Fassung gebracht angesichts dessen, was sich vor seinen Augen abspielte. Ich konnte sehen, wie sein Blick von dem einen zum anderen ging, von dem ihm Unbekannten, der weiter die Hand erhoben hielt – dem er, wenn es nach ihm gegangen wäre, gerne das Wort erteilt hätte –, zu Peter, der reglos auf seinem Platz saß und Scott Adams hasserfüllt anblickte. Peter sagte schließlich mit eisiger Stimme, dass er, wenn es sich um Fragen zur Methode handele – und er insistierte auf dem Wort »Methode«, als deren Experte Scott Adams ja eigentlich galt –, es vorzöge, wenn diese Frage am Ende der Präsentationen zusammen mit anderen gestellt werde. Scott Adams blieb einen Moment lang in seiner Haltung erstarrt, die Hand noch immer in der Luft, und ließ sie erst langsam wieder fallen, als würde er eine Waffe zurück in ihr Holster stecken. Dann begann er höhnisch zu lachen und sagte, das Publikum zum Zeugen nehmend: »Sie sehen, hier kann man nicht einmal Fragen stellen«, und Gianfranco Paolini schien zunehmend ungläubig angesichts des Vorfalls, als sich plötzlich, völlig unerwartet, Scott Adams im Saal in Bewegung setzte und mit weiten Schritten auf die Bühne zuging. Ich erhaschte die bestürzten Blicke von Gianfranco Paolini und Peter, die ihn mit solcher Entschlossenheit auf sich zustürmen sahen. Scott Adams blieb direkt vor Peter stehen, der in seinem Stuhl zurückgewichen war, und sagte zu ihm, keine zehn Zentimeter von seinem Gesicht entfernt: »Also gut, dann stelle ich meine Frage später«, und er drehte sich auf dem Absatz um und verließ, die Tür zuknallend, den Saal.

Peter Atkins nahm einen Schluck Wasser, seine Finger zitterten leicht. Er nahm wieder das Mikrofon in die Hand. Er blätterte unkonzentriert in seinen Unterlagen, rief dann unsere Gruppe auf. Der lautstarke Abgang von Scott Adams hatte für das Publikum ernüchternd gewirkt. Die Aufmerksamkeit im Saal für die Präsentation unserer Schlussfolgerungen, die Carmen Zuniga und Viswanathan Ajit Pai vortrugen, war denkbar gering. Ich bemerkte an den anderen Tischen Gespräche unter vier Augen (auf dem Podium hatte sich Peter zu Gianfranco Paolini gebeugt und unterhielt sich mit leiser Stimme mit ihm). Nach der Vorstellung unserer Gruppe wurde das Wort Gianfranco Paolini erteilt. Er nahm das Mikrofon und begann mit einem Dank für die hohe Qualität unserer Vorträge. Er wolle nicht auf die Einzelheiten der einzelnen Szenarien eingehen, das sei nicht seine Aufgabe. Er blieb sehr diplomatisch, hielt sich nicht bei den Punkten auf, die ihn nicht überzeugt hatten, und sagte, dass er sich darauf freue, unser Schlussdokument zu lesen. Natürlich handele es sich hier nur um eine Übung, aber er sei überzeugt, dass unsere Analysen die Debatte über Grundlagen einer neuen EU-Außenpolitik bereichern könnten. Aber insbesondere zwei Punkte hätten seine Aufmerksamkeit erregt. Der erste war, dass wir zu Recht betont hätten, dass die Fähigkeit zur Innovation in Europa als strategische Ressource in seinen Außenbeziehungen nicht ausreichend genutzt werde. Der zweite Punkt, den er aufgriff, betraf die Migrationspolitik. In diesem Zusammenhang beinhalte die von uns erarbeitete Vorlage, jene Migranten, die sich bereits in Europa aufhielten, als wichtige Ressource zu nutzen und sie direkt einzubinden, also ohne den Weg über ihre jeweiligen Regierungen zu suchen, seiner Ansicht nach eine äußerst fruchtbare Idee. Während Gianfranco Paolini noch sprach, erhob sich Viswanathan leise an unserem Tisch und schlich gebückt zu Carmen Zuniga, um ihr ein Abschiedsküsschen auf die Wange zu geben. Dann schüttelte er mir die Hand, holte seinen Rollkoffer, der an die Wand gelehnt war, und verließ diskret den Raum. Ein Taxi stand in der Auffahrt von Hartwell House für ihn bereit. Er hatte an diesem Abend ein Abendessen in London und flog am nächsten Morgen nach Asien. Viswanathan befand sich immer gerade zwischen zwei Zügen und zwei Flugzeugen. Und wenn er einen Bericht schrieb, dachte er bereits an den nächsten Telefonanruf, und wenn er den Anruf erledigte, dachte er schon an den Termin, der auf ihn wartete, sobald er aufgelegt hätte. Inzwischen musste er bereits in seinem Taxi auf dem Weg zum Bahnhof Aylesbury sitzen, und Gott weiß, welche Nachricht er gerade auf seinem Smartphone schrieb.

Als ich an diesem Abend aus meinem Zimmer zum Galadinner herunterkam, musste ich daran denken, dass es mein letzter Abend im Hartwell House war, ich wollte am nächsten Morgen nach Brüssel zurückfahren. In der Bibliothek wurde uns der Aperitif serviert. Auf der Suche nach Enid Eelmäe ließ ich meine Augen durch den Raum schweifen, sie war noch nicht gekommen. Ich trank ein Glas Champagner und mischte mich in die Gespräche ein, tauschte hier und da ein Wort. Ich ging zu Peter hinüber, der mir sein Herz ausschüttete. Der Verlauf der Tagung hatte in diesem Jahr einen bitteren Nachgeschmack für ihn hinterlassen. Er wollte nicht ins Detail gehen, weil zu viele Leute um uns herumstanden, aber er gestand mir, auf Französisch und mit leiser Stimme, er habe zwar von Anfang an gespürt und sogar befürchtet, dass es mit Scott Adams Schwierigkeiten geben würde, aber nie hätte er sich vorstellen können, wie unangenehm und konfliktgeladen es ablaufen würde, nie hätte er ahnen können, dass Scott Adams mit allen Mitteln versuchen würde, ihn derart auflaufen zu lassen und am Ende solch eine Szene zu machen. Ah, es war wirklich eine tolle Idee von mir, ihn einzuladen, sagte er mit einem schelmischen Blick zu mir und begann, sein Glas in der Hand, zu lachen, sein so einzigartiges Lachen (ein Lachen, das selbst im Französischen einen englischen Akzent hatte). In ließ Peter in seinem Gemütszustand stehen und ging mir noch ein Glas Champagner holen. Enid konnte ich immer noch nicht sehen. Auch wenn wir während der Workshops nicht in der gleichen Gruppe gearbeitet hatten, so hatten wir doch fast die ganze Woche zusammen verbracht. Wir trafen uns in den Pausen, saßen während der Mahlzeiten am selben Tisch. Nach dem Abendessen gingen wir mehrere Male gemeinsam im Park spazieren. Viswanathan Ajit Pai war unsere Nähe nicht verborgen geblieben, aber er war diskret und zeigte Fingerspitzengefühl, war so taktvoll, als wir in der Pause einmal Kaffee tranken und er sie an der Tür des Salons auftauchen sah, mich ohne große Worte allein zu lassen, damit sie zu mir kommen konnte. Der Aperitif neigte sich seinem Ende zu, und die ersten Gäste gingen hinüber zum Speisesaal. Unentschlossen folgte ich der Bewegung. Im Speisesaal hatte man für die Gala einen langen, mit Blumen und Kerzen geschmückten Tisch vorbereitet, mit weißer Tischdecke, Silberbesteck und einem Sortiment von Kristallgläsern, die unter den strahlenden Kronleuchtern von Hartwell House funkelten. Ich wollte mich nicht gleich hinsetzen. Ich näherte mich der Terrassentür und blieb dort einen Moment stehen, beobachtete den Regen, der im Park fiel. Es war noch nicht dunkel, aber es goss in Strömen auf den Rasen. Enid war immer noch nicht aufgetaucht, und schließlich setzte ich mich an das Ende des Tisches an eine abgesonderte Stelle, wo noch einige Plätze freigeblieben waren. Etwa ein Dutzend der Teilnehmer war dem Ruf noch nicht gefolgt, man nahm sich Zeit, in der Bibliothek den Aperitif zu beenden, oder hielt sich noch in seinem Zimmer auf. Ich warf immer wieder verstohlene Blicke in Richtung der Tür, bis ich endlich Enid in einem eleganten schwarzen Kleid eintreten und zu mir herüberkommen sah. Sie setzte sich neben mich, lächelte mich dabei an und legte ihre Hand auf meinen Arm, um ihre Verspätung zu entschuldigen.

Sobald Enid neben mir saß, empfand ich ein Gefühl der Erleichterung. Ich fühlte mich in Sicherheit an ihrer Seite, geschützt durch ihre Aura, ich war in den Kokon unseres Gesprächs geschmiegt, das uns von der Außenwelt abschirmte und vor den anderen Tischgästen schützte, als befänden wir uns mitten in einer unsichtbaren Glaskugel. So unterhielten wir uns abseits von den anderen über lustige und leichte Dinge, achteten nicht auf die vielen Gespräche um uns herum. Seit Beginn der Tagung hatten wir viel Zeit zusammen verbracht, aber nur wenig über Persönliches gesprochen. Wir waren nicht in die Einzelheiten unseres Lebens gegangen, ob wir verheiratet waren oder nicht, ob wir Kinder hatten. Fragen zu privaten Angelegenheiten hatten wir bisher vermieden. Ich hatte mir vorgestellt, mit ihr an diesem Abend einen letzten gemeinsamen Spaziergang im Park zu unternehmen, aber der Regen hinderte uns daran, und mich ergriff eine heftige Enttäuschung. Ich hatte beim Abendessen bereits viel Wein getrunken und nahm mein Glas mit, als ich vom Tisch aufstand. Da es unser letzter Abend war, hatten sich viele Gäste in der Bar versammelt. In allen Räumen herrschte Betrieb, überall unterhielten sich Leute, die Atmosphäre war gelöst. Ein Kollege von Linda Smith, der wie sie für das Pentagon arbeitete, war besonders guter Laune. Er hatte sich unserer kleinen zufälligen Gruppe angeschlossen, die Enid und ich mit Linda Smith gebildet hatten, und sich in unsere Unterhaltung eingemischt. Er nahm uns an den Schultern, unter seine Fittiche und bugsierte uns drei an die Bar, mit dem Versprechen, uns alle Bourbons auf der Karte probieren zu lassen: Jefferson's, Jim Beam, Four Roses, Wild Turkey. Der Abend zog sich in die Länge, die Gespräche gingen durcheinander, neue Gruppen bildeten sich. Ich hatte mich mit Enid in die Bibliothek zurückgezogen, in der außer uns nur drei, vier Personen waren, unter denen ich Gianfranco Paolini erkannte. Sie hatten ein Glas in der Hand und waren in eine gelehrte und professionelle Diskussion verstrickt. Wir ließen uns etwas abseits nieder. Die anderen zogen sich schließlich zurück, und wir blieben allein in der Bibliothek. Es war ein gemütlicher Raum mit Holzvertäfelung und Hunderten von gebundenen Büchern in Regalen, die durch ein feines Drahtgeflecht geschützt waren. Ich stand auf, um uns an der Bar noch etwas zu trinken zu holen, und nach meiner Rückkehr, anstatt mich wieder auf den Sessel Enid gegenüber zu setzen, nahm ich neben ihr auf dem Sofa Platz. Ich war beim Whiskey geblieben, Enid hatte es vorgezogen, nach diesem zähflüssigen Durcheinander von Bourbons (von denen sie übrigens nur schlückchenweise gekostet hatte) zum Weißwein zurückzukehren. Ich reichte ihr das Glas Weißwein, wir stießen sehr behutsam an und sahen uns dabei in die Augen. Ich bewegte mich nicht mehr, ich war wie eingeschüchtert. Ich hätte gerne meine Hand auf ihren Arm gelegt, aber mir fehlte der Mut, auch nur die kleinste Geste zu machen. In der Liebesbeziehung gibt es immer einen Moment, in dem wir, auch wenn wir wissen, dass unsere Körper irgendwann zusammenkommen werden, eine Umarmung geschehen und bald ein Kuss ausgetauscht wird, in einer Wartestellung verharren, und nichts wird geschehen, wenn man sich nicht entschließt zu handeln. Auch wenn beide wissen, dass es in jedem Augenblick zu einer Zärtlichkeit kommen kann, gilt es noch ein letztes Kap zu umschiffen, das uns winzig erscheinen mag, von dem sich später, wenn wir noch einmal die Szene vor Augen haben, zeigen wird, dass es sich eigentlich nur um eine winzige, leicht zu überquerende Furt gehandelt hatte, die aber, solange sie nicht überwunden, nicht durchschritten ist, ein unüberwindbares Hindernis bleibt. Diese letzte symbolische Schwelle, die uns von einem Zustand glücklicher Erwartung von der erhofften Erfüllung trennt, muss also immer gemeistert werden, damit sich die Hände finden und die Lippen sich vereinen. Und vielleicht erklärt die Tatsache, dass bereits schon die Erwartung so viel Glück verschafft, warum ich selbst so viele Male nicht weiter gegangen bin. Als hätte ich schon in der Glückseligkeit des Versprechens meine schönsten Stunden der Liebe erlebt. Es gibt eine Regel im Schach, die besagt, dass die Androhung stärkere Wirkung hat als die Ausführung, und ich hatte das Gefühl, wenn man durch eine leichte Änderung der Begriffe, indem man »Androhung« durch »Versprechen« und »Ausführung« durch »Erfüllung« ersetzt, kann dieser Satz auch auf die Liebe angewandt werden und besagt, dass das Versprechen manchmal von einer stärkeren Wirkung sein kann als seine zärtliche Erfüllung. Ich sah Enid an und konnte in dem leisen Lächeln und den vertrauensvollen Blicken, die wir weiterhin auf dem Sofa austauschten, Zeichen liebevoller Komplizenschaft erkennen, was mich über die Wendung, die der Abend nahm, umso mehr überraschte, ja sogar betäubt zurückließ. Denn irgendwann stand Enid auf, und da ich nicht wusste, was sie tat oder was sie zu tun beabsichtigte, erhob ich mich ebenfalls, und wir standen uns in der Bibliothek gegenüber. Sie kam langsam zu mir und legte ihre Hand auf meine Schulter. Mit sehr viel Zärtlichkeit im Blick und sogar gerührt, gab sie mir einen Kuss auf die Wange und sagte mir, dass es für sie eine große Freude gewesen sei, mir begegnet zu sein und diese Woche mit mir verbracht zu haben. Dann ging sie weg, und bevor sie den Raum verließ und verschwand, winkte sie mir noch aus der Entfernung zu – und ich habe sie nicht wiedergesehen (als ich am nächsten Morgen zum Frühstück herunterkam, hatte sie Hartwell House bereits verlassen).

Ich ließ mich aufs Sofa zurückfallen und fühlte eine große Leere in mir. Ich blieb wohl zehn Minuten so allein in der Bibliothek sitzen, es musste schon nach zwei Uhr morgens gewesen sein. Ich trank mein Glas aus und beschloss, mir noch eins zu holen. Es war so gut wie niemand mehr da, ein Paar in einem der Salons, eine junge Frau allein auf einem Hocker an der Bar. Ich bat den Barkeeper, mir einen Bourbon zu machen. Während der Barkeeper mich bediente, wandte ich mich an die junge Frau auf dem Hocker und fragte sie, ob sie etwas trinken wolle. Einen Margarita-Cocktail, sagte sie. Es war nicht das erste Mal, dass ich sie sah, sie war nicht eigentlich eine Teilnehmerin der Tagung, aber ich hatte den Eindruck, dass sie irgendwie dazugehörte, dass sie Peter Atkins bei der Organisation geholfen hatte. Was sie mir auch bestätigte und erklärte, sie habe die Tagung als Koordinatorin begleitet. Ich war mir nicht sicher, was Koordinatorin bedeutete, aber es war mir völlig egal, ich hatte keine Lust mehr, über berufliche Dinge zu sprechen, und anstatt sie zu fragen, was das sei, fragte ich sie, was genau ein Margarita-Cocktail sei. Er wird auf Basis von Tequila gemixt, sagte sie, und der Barkeeper, der bereits seinen Shaker schüttelte, um ihren Cocktail zu machen, schloss sich dem Gespräch an und begann, die Zutaten aufzulisten: Tequila, Cointreau, Limettensaft. Als der Barkeeper feierlich den Margarita-Cocktail vor die junge Frau stellte, griff sie nach dem blütenförmigen Glas mit dem vereisten Salzrand und hob es zum Dank in meine Richtung, um aus der Distanz mit mir anzustoßen. Der Cocktail schien himmlisch zu schmecken. Vielleicht hatte sie meinen Gedanken erraten, denn sie fragte mich, ob ich kosten wolle. Ich nickte ein »Ja«, und ging an der Theke entlang zu ihr hinüber und schwang mich auf den Hocker neben ihr. Sie reichte mir ihr Glas, und ich tauchte meine Lippen hinein. Und wie ist es? Ich nickte wieder ein »Ja«. Es war sehr erfrischend, und ich machte dem Barkeeper ein Zeichen, auch für mich einen zu mixen. Neben der jungen Frau am Tresen, setzte ich das Gespräch fort, das ich mit Enid in der Bibliothek begonnen hatte. Es war vielleicht nicht genau das gleiche Gespräch, wenn man überhaupt das Thema des so wunderbaren und vagabundierenden Gesprächs, das ich an diesem Abend mit Enid geführt hatte, hätte bestimmen können, aber es war der gleiche Ton, die gleiche Art zu sprechen, gleichermaßen ernsthaft wie vergnügt, unterstrichen durch ein komplizenhaft angedeutetes Lächeln und tiefe Blicke. Nebeneinander an der Bar sitzend, berührten sich unsere Hände, und ich fuhr fort, mit ihr zu reden, als ob ich all die Gespräche, die ich mit Enid seit Anfang der Woche geführt hatte, mit ihr geführt hätte. Alles in allem habe ich mich mit ihr so unterhalten, als würde uns bereits länger eine zärtliche Beziehung verbinden, was meiner Haltung Leichtigkeit verlieh und meinen Worten Sicherheit. Mit meinem Glas in der Hand beugte ich mich über ihre Schulter und flüsterte ihr irgendeine Anspielung auf ein Gespräch ins Ohr, das wir während des Abendessens geführt hatten, ohne offenbar zu merken, dass es nicht mehr Enid war, die neben mir saß. So passiert es gelegentlich im Leben, wenn die Haltung zu einer Frau, die man gerade erst kennengelernt hat, die Gespräche, die man mit ihr führt, und später, wer weiß, die zärtlichen Aufmerksamkeiten und Liebkosungen und sogar die Streitereien und späteren Auseinandersetzungen, im Grunde das fortsetzen oder vervollständigen, korrigieren oder verfeinern, was wir mit einer ganz anderen Frau erlebt hatten, als ob wir uns in unserer unausrottbaren Ichbezogenheit immer an ein und dieselbe Frau wenden würden, die alle Frauen in unserem Leben in sich vereint. Und es war ja übrigens auch denkbar, dass die junge Frau den Abend mit einem anderen Mann begonnen hatte, von dem ich nichts wusste, und sie gerade dabei war, mit mir ein Liebesgeplänkel fortzusetzen, das sie mit einem anderen begonnen hatte, sie also, wenn sie mit mir sprach, sich an jemanden wandte, der über meine eigene Person hinausging, der also auch diesen Unbekannten mit einschloss, mit dem sie die ersten Stunden des Abends verbracht hatte. Die Spuren unserer vergangenen Lieben sind noch nicht ausgelöscht, schon fügen sich neue Eindrücke und Zeugnisse einer im Entstehen begriffenen Liebe hinzu, die sie überlagern und sich mit ihnen vermischen. Ich hatte keine Ahnung, wie spät es sein konnte, drei Uhr morgens, vier Uhr morgens. Wir wären wahrscheinlich noch lange an dieser Bar hocken geblieben, wenn uns der Barkeeper, der sah, dass sonst keiner sich mehr in den Salons des Hotels aufhielt, nicht irgendwann angekündigt hätte, dass er jetzt schließen würde. Er fragte uns, ob wir eine letzte Bestellung aufgeben wollten, und ich machte ihm ein Zeichen, noch zwei weitere Gläser Margarita zuzubereiten (ich weiß nicht, wie viele davon wir seit Beginn des Abends getrunken hatten). Der Barkeeper stellte das letzte Geschirr hinter der Theke ab. Er schaltete das Licht in der Bar aus, und wir verließen den Ort, durchquerten im Dunkeln das stille Erdgeschoss der Residenz und gingen gemeinsam die herrschaftliche Treppe von Hartwell House hinauf.

Als ich am nächsten Tag meine Sachen aus dem Schrank räumte und dabei die Hand in meine Jackentasche steckte, spürte ich einen ungewöhnlichen Gegenstand unter meinen Fingern, es war eine Zigarette, Menthol mit Filter, ganz, weiß und intakt. Ich hatte keinerlei Erinnerung an diese Zigarette, obwohl ich mir unschwer vorstellen konnte, wo sie herkam. Die Vermutung lag nahe, dass die junge Frau sie mir irgendwann in der vorausgegangenen Nacht angeboten haben musste, dass sie es war, die sie mir angeboten hatte, und ich sie, obwohl ich nicht rauche, zum Spaß oder im Flirt, angenommen hatte, um unsere sich anbahnende Verbindung enger zu knüpfen. Ich hatte vielleicht mit dieser Zigarette zwischen den Fingern gespielt, sie aus einer Laune heraus vielleicht sogar zum Mund geführt, ohne sie jemals geraucht zu haben, denn am nächsten Morgen steckte sie noch unversehrt in meiner Jackentasche. Da ich jedoch keine Erinnerung mehr an die Zigarette hatte und daran, wie sie in meiner Tasche gelandet war – absolut keine Erinnerung –, konnte ich mir vorstellen, dass auch andere, weniger unbedeutende, weniger harmlose und vielleicht intimere Dinge zwischen uns passiert waren. Mehrfach habe ich danach versucht, mir exakt ins Gedächtnis zu rufen, was mit dieser jungen Frau in dieser Nacht geschehen war. Ausgehend von einigen gesicherten Fakten, an die ich mich erinnerte, versuchte ich, weiter in der Zeit zurückzugehen, um den Ablauf des Abends zu rekonstruieren.

Eine Sache, an die ich mich nebulös erinnerte, war, dass wir nach dem Verlassen der Bar auf dem Treppenabsatz der ersten Etage haltmachten. Wir waren unentschlossen am Geländer stehen geblieben, wussten nicht, wo wir den Abend fortsetzen sollten, in meinem oder ihrem Zimmer, als sie mir sagte, ich erinnere mich sehr gut an die Intonation ihres Englisch: »*Let's go to my place*« (sie hatte nicht gesagt, und dieses Detail war mir aufgefallen, »*to my room*«, sie hatte gesagt »*to my place*«), und etwas schwankend gingen wir um vier Uhr morgens über den Teppich eines langen, menschenleeren Flurs zu ihrem Zimmer. Von da an verlieren sich meine Erinnerungen, es ist wie ein schwarzes Loch, eine Art Amnesie aufgrund übermäßigen Alkoholkonsums. Ganze Teile des Abends bleiben für mich unzugänglich, als wären sie endgültig aus meinem Gedächtnis gelöscht. Ein Bild habe ich dann wieder vor Augen, wie sie in ihrem Hotelzimmer im Halbdunkel vor mir auf und ab geht, nur eine kleine Lampe auf einem Nachttisch ist eingeschaltet und streut etwas gedämpftes Licht in den Raum. Sie ist barfuß, ihre weiße Bluse ist halb geöffnet, sie trägt eine elegante, leichte schwarze Seidenhose, die leicht kräuselnd wie eine Glocke über ihre Beine fällt. Das war's. Was auch immer ich versuche, ich kann mich nicht erinnern, was als Nächstes geschah, an nichts, nur wieder Nebel. Und plötzlich fiel mir dann doch wieder etwas ein, die ganze Szene fiel mir wieder ein. Ich stehe im Halbdunkel vor ihr und wie im Spiel hole ich mein Telefon aus meiner Tasche und fotografiere sie. Sie sitzt vor mir in einem großen gelben englischen Sessel mit Troddeln, sie hat ihre Bluse ausgezogen und trägt nur noch ihren Büstenhalter. Ohne jede Verlegenheit lächelt sie mich an. Sie beginnt zu posieren, breitet die Arme auseinander, wirft den Kopf in den Nacken und lässt die Haare offen fallen. Ich rede mit ihr, wir haben Spaß, und plötzlich zieht sie ihren BH aus und legt ihn langsam, mit ausgestrecktem Arm, neben sich auf den Teppich. Es ist etwas Verführerisches in ihrem Blick. Sie sieht mich an. Mit nackten Brüsten bietet sie sich mir an. Ich hebe mein Handy hoch und sehe ihren nackten Körper im Sucher – und ich mache das Foto. Und es ist dieses Bild, das noch auf meinem Handy war, das Bild, das ich nie gelöscht habe. Ich weiß nicht genau, was dann passiert ist. Ich weiß nur sicher, dass ich die Nacht nicht mit ihr verbracht habe, dass ich am nächsten Morgen allein in meinem Zimmer in Hartwell House aufgewacht bin.

II

Mein Vater starb im Dezember desselben Jahres 2016. Die Nachricht von seinem Tod erreichte mich bei der Rückkehr von einer Reise nach Asien. Kaum hatte ich erfahren, dass sich sein Gesundheitszustand verschlechterte, brach ich meine Reise ab, um an seinem Bett zu sein, aber ich kam zu spät, um ihn ein letztes Mal zu sehen, er war bei meiner Ankunft bereits gestorben. Wäre ich rechtzeitig in Brüssel angekommen, hätte ich in sein Zimmer gehen und ein letztes Mal mit ihm sprechen können. Aber hätte ich ihn in seinem Bett bei Bewusstsein angetroffen? Hätte ich ihm erzählen können, wie ich es mir auf Rückreise vorgestellt hatte, wie sehr ich beim Anblick der goldenen Blätter der Ginkgos, die den Boden der zeitlosen Alleen der Universität von Tokio bedeckten, an ihn gedacht habe? Hätte er etwas zu mir gesagt, einen Satz, der mir für immer in Erinnerung geblieben wäre als der letzte Satz, den er an mich gerichtet hätte? Ich weiß es nicht. Diese Begegnung hat nie stattgefunden, und vielleicht ist es besser so.

Am Tag der Beerdigung meines Vaters hatten wir uns in seinem Arbeitszimmer zur Totenwache versammelt, bevor wir in die Abtei von La Cambre aufbrachen, wo die Trauerfeier stattfinden sollte. Die Vorhänge des Zimmers waren halb zugezogen, und ein pietätsvolles Halbdunkel erfüllte die Stätte. Ich stand an der Fenstertür und blickte schweigend in den Garten meines Elternhauses, auf den Kiesweg der Allee und die Rosenbüsche, die sich im trüben Dezemberwetter im Regen beugten. Ich war allein mit meinem Bruder Pierre. Pierre sah mir nicht wirklich ähnlich, auch wenn ein fachkundiges Auge unmerkliche Ähnlichkeiten zwischen uns hätte feststellen können. Wir hatten wahrscheinlich eine familiäre Ähnlichkeit, für das bloße Auge fast unsichtbar oder zumindest für ein ahnungsloses Auge. Vom Aussehen ähnelte Pierre eher meinem Vater, während ich eher meiner Mutter gleichkam. Aber diese Ähnlichkeiten sprangen nicht ins Auge, sie waren nicht so offensichtlich wie in bestimmten Familien, in denen Eltern offenbar identische Porträts ihrer selbst in kleinerem Maßstab geschaffen haben, Miniaturklone von Vater oder Mutter, wie man sie gelegentlich auf gemeinsamen Familienporträts sieht. Nein, die Ähnlichkeiten zwischen uns, wenn es sie denn gab, lagen eher im Verborgenen, waren versteckt, subtil verwoben und verflochten, wobei jeder von uns neben der Hauptähnlichkeit auch eine Prise Ähnlichkeit aus der anderen Abstammungslinie herausgefischt hatte. Aber von der ganzen Einstellung, vom jeweiligen Temperament und natürlich von der Berufswahl her, war Pierre, der Architekt, zweifellos ein De Groef und ich eher ein Detrez, wie mein Vater, der Diplomat, Universitätsprofessor und der für Forschung zuständige Europakommissar es war, dessen Laufbahn ich schließlich eingeschlagen hatte, als ich selbst für die Europäische Kommission zu arbeiten begann.

Mit Pierre verbanden mich eine Reihe von Berührungspunkten, die uns eigen waren, eine Art privater Wortschatz mit Wörtern und idiomatischen Redewendungen, die wir miteinander teilten und die eine geheime Verbindung zwischen uns herstellten. Der größte Teil dieses Vokabulars würde den meisten Menschen nichts sagen, aber für uns hatte es eine besondere vertrauliche Bedeutung, die uns aufhorchen ließ, sobald einer dieser Begriffe zufällig im Gespräch auftauchte. Das konnte ein einfaches Adjektiv wie »redhibitorisch« sein, das in meinen Augen nicht zum allgemeinen Sprachgebrauch, sondern vielmehr zum persönlichen Wortschatz meines Vaters zu gehören schien, als wäre er der Einzige, der dieses Adjektiv jemals benutzt hätte, es sich in gewisser Weise angeeignet hätte, um damit auszudrücken, dass die eine oder andere Lebenslage einen grundsätzlichen konstitutiven Fehler hatte, der sie ungültig machte, sodass ich jedes Mal, wenn in einem Gespräch das Wort »redhibitorisch« fiel, ich an meinen Vater denken musste und eine Welle von Wehmut in mir aufsteigen fühlte. Es konnte aber auch ein Ausdruck sein, der für uns, und nur für uns, eine besondere Situation heraufbeschwor. Zum Beispiel der Ausdruck »die Rache des Kroumir«, den mein Vater gerne gebrauchte (Herkunft und Etymologie dieses Kroumir sind mir immer ein Rätsel geblieben). Und wie oft in unserer Jugend hatten mein Bruder und ich aus dem Mund meines Vaters den Satz »Wo ist der Nagelknipser geblieben?« gehört, als hätte es in Paris, in der Wohnung in der Rue Saint-Guillaume, in der wir in den 1970er-Jahren wohnten, nur einen einzigen Nagelknipser gegeben, einen einzigen, kostbaren Nagelknipser (unauffindbar, einfach immer unauffindbar). Weil in der paranoiden Vorstellung meines Vaters seine beiden Söhne im Verein mit ihrer Mutter aus Gott weiß welchem Grunde ständig versuchten, den einzigen Nagelknipser der Familie vor ihm zu verstecken, ihn vorsätzlich zu verlegen oder verschwinden ließen. Aber statt noch einen Nagelknipser zu kaufen (was ich als Erwachsener dann sofort tat, wie ein Eichhörnchen Haselnüsse in einem wahren Kaufzwang in meinen beiden aufeinanderfolgenden Ehen Nagelknipser anhäufte, um dieses leichte traumatische Erlebnis der Adoleszenz zu bewältigen), raste mein Vater wie ein Teufel aus dem Badezimmer, und mit nacktem Oberkörper, nur ein Frotteehandtuch um die Hüften gewickelt, suchte er wie außer sich in der ganzen Wohnung nach dem Nagelknipser, dass die Wände der Rue Saint-Guillaume wackelten, und schrie durch den Flur: »Wo verflucht noch mal ist der Nagelknipser! Was habt ihr schon wieder mit dem Nagelknipser gemacht?!« Jede Familie muss solche totemistischen, Glück bringenden oder tabuisierten Wörter haben, die über ihre einfache Bedeutung hinausgehen und im Familienkreis eine mythische Dimension annehmen, Wörter, die eine explosive emotionale Resonanz haben, die völlig irrational ist, die aber nervenaufreibend sein konnte, wenn man sie als Halbwüchsiger nur im Moment erlebte, und die später, mit dem Älterwerden und dem Tod der Protagonisten, nur noch rührend erscheint und die man erst nach den langen Umwegen des Lebens mit reiner Zärtlichkeit wiederfindet, als ob die Erinnerung in dem Maße, wie Kindheit und Jugend in die Ferne rücken, nicht anders kann, als die kleinen Dinge, die sich darauf beziehen, mit Blattgold zu überziehen.

Ich bin drei Jahre älter als Pierre, aber ich hatte immer das Gefühl, dass er der Ältere war. Ich glaube übrigens, dass er unbewusst immer den Eindruck erwecken wollte, der Ältere zu sein, mein großer Bruder. Aber auch objektiv betrachtet verstärkten einige Äußerlichkeiten diesen

Eindruck, denn sehr schnell, zumindest lange vor mir, hatte Pierre seinen Platz im gesellschaftlichen Leben gefunden. Schon vor seinem dreißigsten Geburtstag leitete er bereits sein eigenes Architekturbüro. 1989, nach dem Tod unseres Großvaters Marcel De Groef, übernahm er im Alter von nur sechsundzwanzig Jahren das Atelier De Groef. Unsere Familie lebte zu dieser Zeit, seit Anfang der 1970er-Jahre, in Paris, weil mein Vater einen Ruf an die UNESCO bekommen hatte. Pierre hatte gerade sein Architekturstudium an der École Nationale Supérieure von Paris-Belleville abgeschlossen, und meine Mutter, die nicht die geringste Absicht hatte, Paris zu verlassen, um das Büro ihres Vaters zu übernehmen (sie wollte weiterhin ihre Tätigkeit als graue Eminenz für ihren Mann ausüben können, und zwar in Vollzeit), ermutigte Pierre, sich in Brüssel niederzulassen. Pierre machte sich mit der belgischen Gesetzgebung vertraut und übernahm das Atelier De Groef. Er erledigte alle Erbschaftsangelegenheiten, übernahm die Anteile meiner Mutter und kaufte auch meine Anteile, um den Nachlass zu regeln und zum alleinigen Eigentümer des Architekturbüros zu werden, dessen Namen er in DG & D, De Groef & Detrez änderte, das Architekturbüro, das er jetzt seit fast dreißig Jahren leitet.

Pierre hatte immer Architekt werden wollen. Sein Weg schien schon vorgezeichnet, noch bevor er geboren wurde.

Meine Mutter nannte ihn nach ihrem Großvater, dem Architekten Pierre De Groef, und drückte ihm in gewisser Weise den Stempel De Groef auf, als ob sie ihm mit dieser Entscheidung auch stillschweigend hatte auferlegen wollen, selbst Architekt zu werden. Die unsichtbaren Entscheidungen unserer Eltern, ihre geheimen oder unterschwelligen Wünsche, leiten unser Leben oft viel mehr, als uns bewusst ist. Wie so viele andere Menschen, denen es in die Wiege gelegt wird, denselben Beruf wie ihre Eltern oder Großeltern auszuüben, die für sie entschieden haben, den Familienbetrieb zu übernehmen, sei es ein Notariat, ein Weingut oder ein Architekturbüro, hatte Pierre die Fackel übernommen, die ihm durch die Zeiten hindurch mehrere Generationen von De Groefs weitergereicht hatten, und er war, ohne sich Fragen zu stellen, der brillante Architekt geworden, den meine Mutter sich erträumt hatte, ohne es auch nur jemals mit Worten ausgedrückt zu haben. Aber wenn dieser Urgroßvater, wenn dieser Pierre De Groef, den wir nicht kannten und auf dessen Knie zu springen selbst meine Mutter kaum die Zeit hatte (er starb, als sie sechs Jahre alt war), ohne Zweifel ein ehrbarer Ahnherr und respektabler Großvater war, so war er doch kein mitreißendes Vorbild für den jungen idealistischen Architekturstudenten, der mein Bruder Anfang der 1980er-Jahre war. Es gab da einen Haken. Und der Haken, wo der Schuh drückte, war, wie es meine Mutter einmal in einem Satz zusammenfasste: »Mein Großvater hasste Horta.«

Es war schon eine Strafe, als Vorfahren einen Architekten in der Familie zu haben, der zwar zur Zeit des großen Umbruchs der Architektur, zur Zeit des Jugendstils, in Brüssel arbeitete, aber feststellen zu müssen, dass dieser nur ein bürgerlich-neoklassizistischer Architekt, ein Anhänger des eklektizistischen Stils und ein großer Liebhaber von Louis-XV-Möbeln war. Wenn schon einen Architekten als Ahnen, hätten mein Bruder und ich, Snobs, wie wir zu unserer Studentenzeit waren (und Pierre vor allem, da er Architektur studierte), lieber Victor Horta selbst als Urgroßvater gehabt! Aber mit dem Älterwerden begannen wir zu verstehen, dass nichts Unehrenhaftes daran war, von einem Pierre De Groef, einem Virtuosen der Beaux-Arts-Architektur, abzustammen, der damals sehr erfolgreich war, trotz der allgemeinen Begeisterung für den Jugendstil, der damals alle anderen Stile in den Schatten stellte. Horta war in der Tat ein Visionär, der die Architektur in einer weltumgreifenden und homogenen Weise verstand, wie man an den tausend Raffinessen seines Ateliers in der Rue Américaine begreifen kann, von den Mosaiken auf dem Boden bis zu den geschwungenen schmiedeeisernen Spiralen des Treppenhausgeländers (Horta entwarf sogar das Kleid der Hauseigentümerin). Horta hat Geschichte geschrieben, unser Urgroßvater hat nur seine Arbeit getan. Die ersten Jahre des 20. Jahrhunderts waren eine sehr lebendige, sehr dynamische Zeit für die Architektur in Brüssel. Es gab Diskussionen, Schulen, Stile. Ein aufstrebendes städtisches Bürgertum ließ sich Privatvillen errichten, und die Fortschrittlichsten unter ihnen wollten sich durch eine kühne Wahl von den anderen abheben, wie die Autrique und die Tassel, die Victor Horta einen Auftrag erteilten. Aber es gab auch das traditionelle, sich an das Bewährte haltende Bürgertum, das sich lieber an unseren Urgroßvater wandte, der zwar nichts Innovatives zu bieten hatte, aber auf klassische Weise mit sehr schönen Materialien arbeitete, um wohnliche Häuser zu bauen, mit besonderem Augenmerk auf die neuesten technischen Entwicklungen, wie Zentralheizung oder den Einbau eines Aufzugs. In weniger als zwanzig Jahren war Pierre De Groef, der aus bescheidenen Verhältnissen stammte (sein Vater war Schreiner aus der Rue Borrens in Ixelles), zu einem beliebten Architekten, einem wohlhabenden Bürger und gutsituierten Bourgeois geworden: Schnauzbart, Flanellanzug mit Weste und Taschenuhr, gepunktete breite Krawatte, wie er auf einem Foto zu sehen ist, das lange Zeit die Küche meiner Eltern in der Avenue Émile Duray schmückte. Zu der Zeit war das Viertel mit den Teichen von Ixelles, dem er sich lebenslang gewidmet hatte, noch eine weitgehend ländliche Gegend. Aber er hatte das Gespür, Grundstücke zu kaufen, die an die Abtei La Cambre grenzten, als diese nach dem Ersten Weltkrieg wiederaufgebaut wurde. Und an den Kauf hatte er die Bedingung geknüpft, auch selbst der Architekt all dessen zu sein, was auf dem von ihm erworbenen Boden errichtet werden würde. So baute er sechs Häuser in der Avenue des Klauwaerts und ebenso viele in der Avenue Émile Duray, darunter das Haus in der Avenue Émile Duray Nummer 28, in dem meine Eltern seit ihrer Rückkehr aus Paris Mitte der 1990er-Jahre wohnen.

Es war sein Sohn, Marcel De Groef, mein Großvater mütterlicherseits, der nach dem Tod seines Vaters das Atelier De Groef übernahm. Marcel De Groef war also zu Beginn der 1950er-Jahre in Brüssel aktiv, zu einer Zeit intensiver Entfaltung der Architektur. Es war das Ende des Zweiten Weltkriegs und der Beginn der architekturalen Moderne, deren Höhepunkt die Weltausstellung von 1958 war. Ganze Stadtviertel von Brüssel wurden damals dem Boden gleichgemacht. Dutzende alter Häuser wurden zerstört, damit Hochhäuser und Büros gebaut werden konnten. Es wurden Tunnel gegraben, Straßen verbreitert und Boulevards von maßloser Breite geschaffen. Die Avenue Louise wurde verunstaltet, man machte daraus »eine Durchgangsstraße« für Automobile, eine elegante Formulierung ganz auf der Höhe dieser brutalen Schändung. Die Bürgersteige wurden schmaler gemacht, die jahrhundertealten Kastanienbäume gefällt. Unbeeindruckt vom Tohuwabohu dieser gigantischen Baustelle verweigerte sich mein Großvater dieser Partitur, er setzte seine Tätigkeit in der Molltonart fort und spielte lieber in seiner Nische die Piccoloflöte, während auf die Stadt Brüssel die apokalyptischen Blechbläser des Finales einer Bruckner-Sinfonie niedergingen. Jetzt kamen die Erben der De-Groef-Häuser seines Vaters zu ihm ins Architektenbüro. Damals war es üblich, dass man mit dem Erbe auch die Lieferanten der Eltern übernahm. Der Architekt war so etwas wie der Hausarzt, die Kundschaft wurde vom Vater auf den Sohn vererbt. So arbeitete mein Großvater von nun an für die Nachkommen der Kunden seines Vaters und baute stattliche Häuser in den Lücken, die das Abriss- und Wiederaufbaufieber, das Brüssel entstellte, freigelassen hatte. Neben seiner Bautätigkeit begann mein Großvater, sich für die Erhaltung des kulturellen Erbes zu interessieren, auch wenn der Ausdruck »Denkmalpflege« damals noch nicht existierte, geschweige denn eine Vorstellung davon. Das Paradoxe daran ist, dass er, weil er für das architektonische Erbe Brüssels kämpfte, gleichzeitig auch die Bauwerke Hortas gegen Bauunternehmer und Abbruchfirmen jeder Couleur verteidigen musste. Mit Bestürzung hatte mein Großvater das Massaker in der Stadt erleben müssen, das unter dem Deckmantel der Modernisierung vorangetrieben wurde. Es stand nicht in seiner

Macht, die Maison du Peuple zu retten, und er musste betroffen mitansehen, wie die Fassade des Hotels Aubecq Stück für Stück geschlachtet und zerstückelt wurde. Aber trotz allem konnte er mit dazu beitragen, einige von Hortas Meisterwerken vor dem Abriss zu bewahren, deren Bau seinem Vater, dem damals vielversprechenden jungen Architekten, Pickel verursacht haben musste. Das ist eine singuläre Umkehrung der Perspektive, bei der die Konservativen der Gegenwart die avantgardistischsten Konstruktionen der Vergangenheit retten, und wo in derselben Familie der Sohn – aus Loyalität zum konservativen Geist des Vaters – dazu gebracht wurde, ein Werk zu schützen, das sein Vater verabscheute. In diesem Zusammenhang war mein Großvater Ende der 1960er-Jahre mit einem schmutzigen Charakter konfrontiert, dessen steiniger und metallischer Name das Wiegenlied meiner Kindheit war: Paul Vanden Boeynants, Stadtrat von Brüssel und mehrfacher Minister, sowohl Politiker als auch Metzger, mit einem brusseleer-Akzent zum Messerschneiden, (wahrscheinlich mit einem Metzgermesser), der in Brüssel nur unter seinen Initialen VDB bekannt war, was ein paar Witzbolde als Viande De Bœuf, Rindfleisch, lasen. Und wenn mein Herz oder mein Urteilsvermögen, um meinem europäischen Profil zu schmeicheln, in einer rekonstruierten und vielleicht opportunistisch geschönten Erinnerung Paul-Henri Spaak als die wichtigste politische Persönlichkeit meiner

Kindheit bewahrt hat, so erinnert sich mein Bauch, fürchte ich, vor allem an Paul Vanden Boeynants.

Als Kind hörte Pierre nie auf, vor unserem bon-papa Marcel zu wiederholen, dass er wie er Architekt werden wolle, und ich denke, Großvater musste es gefallen haben, sich in der Familiengeschichte zwischen seinem eigenen Vater und diesem Enkel, der sich anschickte, die Linie der De-Groef-Architekten fortzusetzen, warm eingebettet zu sehen. Selbst wenn er seine Genugtuung nie offen zum Ausdruck gebracht hatte (abgesehen von gelegentlichen spaßhaften Ermutigungen, die er dem kleinen Jungen gegeben haben muss, wenn der mit Buntstiften Häuser malte, bis hin zu den guten Ratschlägen, die er in seinen letzten Lebensjahren dem jungen Mann hat erteilen können, der in Paris Architekturstudent geworden war), es musste meinem Großvater großen, wichtigen Trost gegeben haben, der über seine eigene Person hinausreichte und ihm die Zuversicht gab, dass das, was er gewesen war, von seinen Nachkommen in Raum und Zeit fortgesetzt würde. Eine ähnliche Genugtuung, wie mein Vater sie wahrscheinlich empfunden hätte, wenn er Zeuge der Szene an diesem Morgen in seinem Arbeitszimmer hätte sein können, die wir gerade erlebten, wenn er von dem Ort, an dem er sich jetzt befand, von dem immateriellen Ort, von dem aus er weiterhin unsere Gedanken beherrschte, seine beiden erwachsenen Söhne an seinem Sarg hätte stehen sehen können. In Kürze würden wir unsere Mäntel überstreifen und das Haus verlassen, um uns zur Abtei La Cambre zu begeben, und ich weiß nicht, warum, aber dieses Bild zweier erwachsener Söhne in Anzug und Krawatte und mit dunklem Mantel am Sarg ihres Vaters sollte mir später von jenem Tag im Gedächtnis bleiben. Vielleicht liegt es daran, dass ich da zum ersten Mal eine Ahnung bekommen habe, wie meine eigene Beerdigung aussehen würde, mit meinen eigenen, erwachsen gewordenen Kindern, die ebenfalls in eleganten dunklen Mänteln an meinem Sarg stehen würden, Alessandro, mein ältester Sohn, in einem taillierten Wollmantel mit schwarzem Samtkragen, als schützender großer Bruder an der Seite seines Bruders und seiner Schwester, Thomas und Tessa, meinen neunjährigen Zwillingen, beide ebenfalls dann erwachsen. Tessa, mein kleines Mädchen, nunmehr zu einer erwachsenen Frau geworden, würde meinem Sarg mit schwarzer Brille und gesenktem Kopf folgen, den Mund hinter einem großen grauen Wollschal verborgen. Und dieses Bild der erwachsen gewordenen Kinder am Sarg ihres Vaters erschien mir, statt mich zu erschrecken, statt darin den traurigen Teil der Beerdigung zu sehen, im Gegenteil beruhigend, es schien mir den natürlichen Lauf des Lebens zu zeigen und spendete mir in diesem schmerzlichen Moment im Arbeitszimmer meines Vaters insgeheim eine Art Trost.

Als Architekt hatte Pierre eine steile Karriere gemacht. Von Anfang an, schon als Student, setzte er sich für nachhaltige Architektur ein – er war ein echter Vorreiter auf diesem Gebiet – und baute sich in Europa, aber auch in Asien, wo seine Arbeiten immer sehr geschätzt wurden, eine sachverständige, private Kundschaft auf. Die Transplantation war gelungen, vom alten Gewusst-Wie in der Tradition des De-Groef-Ateliers hin zu dem zeitgenössisch vorherrschenden Gedanken einer nachhaltigen Entwicklung. Wie sein Großvater und sein Urgroßvater, die sich in die Architekturgeschichte ihres Jahrhunderts eingeschrieben hatten, wurde Pierre ein Architekt seiner Zeit, der aufmerksam die Umweltnormen respektierte, Materialien mit hoher Wärmeträgheit für tragende Teile und Eindeckung von Dächern bevorzugte und innovative ökologische Lösungen für Wärmedämmung fand und dafür die Verwendung von Glaswolle, Zelluloseflocken und Pflanzenfasern predigte. 1996 kam der Ritterschlag, Pierre erhielt den Zuschlag für die Renovierung des Berlaymont-Gebäudes. Nach einem ersten Wettbewerb unter ausschließlich belgischen Architekten hatte er es in der Schlussrunde mit internationalen Architekten vom Kaliber eines Norman Foster oder Jean Nouvel zu tun. Sein höchster Trumpf war einmal mehr, dass er sein Projekt vollständig auf Nachhaltigkeit ausgerichtet hatte. Sein Vorschlag war, aus dem ehemaligen Berlaymont, diesem alten, verknöcherten und asbestverseuchten, stillgelegten Flaggschiff aus den 1960er-Jahren, das eine katastrophal schlechte Energiebilanz aufwies und das ein Ort war, der von Borges'schen Hängebrücken verdunkelt wurde, auf denen man sich wie in den Gefängnissen von Piranesi verirrte, einen Ort der Klarheit und des Lichts zu machen. Der Metapher zufolge, die Pierre während seiner Anhörung vor den europäischen Kommissaren gebrauchte, wollte er den großen benzinschluckenden amerikanischen Straßenkreuzer Berlaymont in einen kleinen Twingo mit Katalysator verwandeln. Mit dieser Formel traf er ins Schwarze, und sein Projekt wurde von der S. A. Berlaymont 2000 ausgewählt. Pierre war erst dreiunddreißig Jahre alt, aber auch Renzo Piano war gerade mal dreißig, als er den Wettbewerb für das Centre Pompidou gewann, und Dominique Perrault sechsunddreißig, als er mit dem Bau der französischen Nationalbibliothek beauftragt wurde. Nach diesem Höhepunkt zu Anbeginn seiner Karriere entwickelte Pierre die eigenen Überlegungen weiter, immer in Richtung größerer Einfachheit. Mit seinen nüchternen, reduzierten, dem Minimalismus verpflichteten Entwürfen folgte er dem Ideal der Bescheidenheit, und auf der Suche nach Klarheit wurde er zum Begründer eines Konzepts der *interstitiellen Architektur*. Er begann, sich auf kleinste Modelle und winzige Räume zu konzentrieren, in der Höhe oder unter der Erde, er bebaute unterdimensionierte Grundstücke, die zwischen zwei Wohnblöcke eingequetscht waren oder zwischen zwei alten Häusern lagen, eine XXS-Architektur mit dem Ziel, die Grundlagen der Architektur wiederzuentdecken, die Leere zu betonen, statt sie zu füllen, und das Licht wieder zum Leuchten zu bringen. Pierre war fasziniert von Japan und in jüngster Zeit auch von China, und eines Tages vertraute er mir diese Überlegung an: »Zeit seines Lebens sammelt und häuft der Westmensch an, während der Asiat sich leicht macht und weglässt. Und wenn der Tod kommt, hat der eine, der Asiat, einen reinen, von allen Bürden befreiten Körper, den er dem Tod übergibt, während der andere, der Abendländer, *mitten in seinen Töpfen* stirbt!« (Und diesen Belgizismus, mit dem Pierre die Pointe seiner Allegorie würzte, hatte er mit einem Ausdruck schelmischer Komplizenschaft in seinen Augen zum Besten gegeben.) In den vergangenen Jahren hatte Pierre mit immer kleineren Räumen gearbeitet, manchmal waren es nicht mehr als neun Kubikmeter, wie bei seinem letzten Projekt in Tokio, der Planung eines im Himmel schwebenden Glaswürfels an der Auskragung einer gläsernen Fußgängerbrücke im achtzehnten Stock eines Gebäudes in Harajuku (was für ein Gesicht bon-papa Marcel gemacht hätte, wenn er die Pläne des Projekts seines Enkels hätte sehen können!).

1998 oder 1999, ich kann mich nicht mehr an das genaue Datum erinnern, organisierte Pierre für uns einen Besuch auf der Baustelle des Berlaymont. Zu dieser Zeit lebte ich noch in Paris und war nach Brüssel gekommen, um ein Wochenende im Haus meiner Eltern zu verbringen. Mein Vater war noch nicht Europäischer Kommissar, aber meine Eltern waren ein oder zwei Jahren zuvor zurück nach Brüssel gezogen, da mein Vater am Institut für Europastudien Verantwortung übernommen hatte. Am Tag unseres Besuchs war das Wetter grau, es war einer jener feuchten Tage, an denen es in Brüssel ununterbrochen regnet. Mein Vater wartete vor dem Erkerfenster des Wohnzimmers in der Avenue Émile Duray ungeduldig auf das Taxi. Er stand bereits abmarschbereit in seinem Mantel, in Handschuhen und mit sorgfältig um den Hals gebundenen Schal. Er schaute ununterbrochen, fast zwanghaft, auf die Uhr , dann warf er wieder einen Blick aus dem Fenster. Er war voller Unruhe. Diese Unruhe war ständig in ihm in Momenten des Aufbruchs gewesen, wenn es darum ging, einen Ortswechsel vorzunehmen, er sich in Bahnhöfen oder im Flughafen befand, wenn man einen Zug oder ein Flugzeug nehmen oder einfach nur in ein Restaurant gehen musste, und vielleicht hatte diese Unruhe im Verborgenen mit dem Tod zu tun, mit der Furcht vor dem Tod, mit diesem Moment des Übergangs, den wir alle eines Tages vollziehen müssen und der jetzt im Fall meines Vaters für immer vollzogen war. Es waren immer die Momente des Übergangs, in denen sich seine Unruhe deutlich zeigte, in dem Zwischenland des Lebens, den Nahtstellen, den Scharnieren, den Gelenken – ich kenne das aus eigener Erfahrung, denn ich habe die gleiche Unruhe –, und erst wenn der kritische Moment vorüber war, erst wenn er im Zug oder im Flugzeug saß, ließ die Angst nach, beruhigte sich mein Vater und wurde wieder zum charmantesten aller Männer. Ich erinnere mich, dass das Taxi an diesem Tag nicht gekommen war, obwohl mein Vater es rechtzeitig bestellt hatte. Er hatte genügend Zeit eingeplant und zudem das Taxiunternehmen beauftragt, bei dem er abonniert war, Les Taxis Verts, die Grünen Taxis. Denn es handelte sich um einen Termin, den wir seit Wochen verabredet hatten und für den wir im Vorfeld eine Selbstauskunft ausfüllen und Kopien unserer Pässe vorbereiten mussten, wir hatten sogar wegen möglicher Gefahren durch Asbest auf der Baustelle vorher eine ärztliche Untersuchung über uns ergehen lassen. Dann all diese Dokumente an Pierre geschickt, der die Zugangsberechtigungen für uns besorgte. Und jetzt liefen wir wegen des nicht eintreffenden Taxis Gefahr, zu spät zu unserer Verabredung zu kommen, was meinen Vater außer sich geraten ließ. Als er dann erneut das Taxiunternehmen anrief, geriet er an eine unkooperative Telefonistin, und angespannt, gereizt, mit einer kalten Wut in den Augen, explodierte mein Vater schließlich am Telefon, seine übliche Unruhe verwandelte sich in einen irrationalen Angstausbruch, bei der Aussicht, zu spät zu unserer Verabredung zu erscheinen. Die Abfahrt von der Avenue Émile Duray verlief also stürmisch. Ich weiß nicht mehr, warum meine Mutter an diesem Tag nicht dabei war, aber es war wahrscheinlich besser so, denn die Anwesenheit meiner Mutter verschlimmerte im Allgemeinen die Unruhe meines Vaters, und wenn die beiden in einem solchen Moment auch nur im kleinsten Punkt eine leichte Meinungsverschiedenheit gehabt hätten (und es mangelte nie an leichten Meinungsverschiedenheiten zwischen ihnen), hätten die Bemerkungen meiner Mutter meinen Vater gereizt und seine Widerstandskraft geschwächt. Meine Eltern haben andauernd endlose Diskussionen gehabt, sogar echte byzantinische Wortschlachten. Sie waren beide beeindruckende Streithähne (meine Mutter eher spitzfindig, mein Vater argumentierend), und wenn sie beim Verlassen des Hauses immer noch verschiedener Meinung waren, wurde die Meinungsverschiedenheit eben weiter im Taxi ausgetragen. Meine Mutter gab nie einen Standpunkt auf, ließ nie von einer Position ab, beharrte immer auf allem. Mein Vater, schon aufgewühlt und unruhig, manövrierte sich am Ende dann selbst in einen Zustand der Wut, den er nicht mehr unter Kontrolle halten konnte und der ihn unter den beharrlichen Attacken meiner Mutter, den scherzhaften und unschuldigen Bemerkungen, die sie nicht aufhörte, von sich zu geben, schließlich außer sich geraten ließ, was für gewöhnlich im Taxi mit einem großen Gebrüll endete, wie ich es so oft erleben konnte, wenn ich sie in Brüssel besuchen kam.

Das Taxi kam schließlich und setzte uns am Schuman-Kreisel ab. Ich ließ meinen Vater die Fahrt bezahlen und stieg bei strömendem Regen aus dem Auto. Ich sah hoch zur Baustelle, mein Blick fiel sofort auf die hohen Kräne, deren Ausleger im Wind und Regen knarzten und vibrierten. Auf dem Bürgersteig stehend, mit erhobenem Kopf, betrachtete ich das Berlaymont-Gebäude – das Berlaymont! –, und mir wurde bewusst, dass ich dieses riesige Gebäude, das vor mir aufragte, dieses Bauwerk, das eine weit über seine physische Materialität hinausgehende Aura hatte, dass ich dieses in der ganzen Welt berühmte Gebäude, das einen symbolischen Wert für die europäischen Institutionen besaß, tatsächlich an diesem Tag zum ersten Mal sah. Und doch war es mir schon immer vertraut gewesen, es lag nur wenige Kilometer Luftlinie von dem Haus meiner Kindheit entfernt, und es war in den 1960er-Jahren gebaut worden, als ich selbst in Brüssel lebte (aber ich war sicher zu jung, um auch nur die geringste Erinnerung an den Bau des Berlaymont zu haben –, und selbst wenn ich zu dieser Zeit erfahren hätte, dass der künftige Sitz der Europäischen Kommission nur wenige Schritte von meinem Wohnort entfernt gebaut wurde, hätte mir das damals nichts bedeutet). Nein, ich konnte mich nicht erinnern, das Berlaymont jemals zuvor gesehen zu haben. Ich stand dort auf dem Bürgersteig und schaute auf das imposante Bauwerk, das vor mir im Regen aufragte. Man konnte seine Umrisse erahnen, man konnte seine unsichtbare Präsenz am Rande des Schuman-Kreisels spüren. Es war das erste Mal, dass ich es sah, aber in Wahrheit konnte ich es gar nicht sehen, denn es verschwand vollständig unter einer großen weißen Bauplane, an der der Regen in Strömen heruntertroff.

Mein Vater stand jetzt neben mir, und wir schauten uns nach Pierre um, aber weit und breit keine Spur von ihm. Wir schlugen die Mantelkragen hoch und gingen in diesem Platzregen entlang dem Bauzaun, der das Areal der Baustelle hermetisch abriegelte. Pierre tauchte endlich auf, hektisch und ganz außer Atem, er war pitschnass, fragte uns, wo wir gesteckt hätten, er hatte zum vereinbarten Zeitpunkt in der Rue de la Loi vergeblich auf uns gewartet. Ich erklärte ihm kurz, dass wir ein Problem mit dem Taxi gehabt hatten, und mein Vater, mit düsterer Miene, sagte nichts, er war zutiefst gekränkt, weil wir zu spät gekommen waren (es war überhaupt nicht seine Art). Wir blieben nicht länger im Regen stehen, beeilten uns, zu einer im Zaun eingelassenen Tür zu kommen, durch die Pierre uns eintreten ließ, einem Wachmann seinen Ausweis und unsere Besucherausweise präsentierte, die er für uns hatte ausstellen lassen. Wir gingen ein paar Schritte unter freiem Himmel über Niemandsland, folgten einem mit Holzbrettern auf dem schlammigen Boden ausgelegten Weg. Aus dem Nebelgrau tauchte ein Wohncontainer auf, aus dessen Fenster gelbes Licht schimmerte. Wir stießen die Tür des Containers auf, in dem zwei Typen hinter einem Computer dösten und uns eintreten sahen. Sie prüften unsere Zugangsberechtigungen und überreichten jedem von uns Stiefel und Ganzkörperschutzanzüge, zeigten auf eine Bank mit Kleiderhaken, wo wir uns umziehen konnten. Natürlich hatte ich gedacht, dass es die eine oder andere Vorsichtsmaßnahme geben würde, um die Baustelle betreten zu dürfen, aber ich hätte mir nie vorstellen können, dass es so drakonisch sein würde. Ich zog meinen Mantel aus, hängte ihn an einen Haken und streifte den Schutzanzug über meinen Anzug. Ich sah, wie mein Vater sich mit seinem Overall abquälte. Ich weiß nicht, wie er es angestellt hatte, aber der untere Teil des Anzugs ging ihm bis zur Taille, aber es gelang ihm nicht, die andere Hälfte, die an ihm herunterhing, zu fassen zu kriegen. Pierre, der anders als wir an die für das Anlegen der Schutzanzüge nötigen Verrenkungen gewöhnt war, stand bereits fertig da. Er zog die Kapuze über seinen Kopf und half meinem Vater, seinen Anzug über die Schultern zu bugsieren. Wir zogen Sicherheitsstiefel und Handschuhe an und wollten gerade zur Baustelle hinausgehen, als die Jungs an der Rezeption uns noch Masken aushändigten. Es waren sehr ausgeklügelte Masken mit Filter, der gegen das Einatmen der Asbestfasern schützte. Umständlich fixierten wir die Masken auf unseren Gesichtern und verließen den Container. In unserem Ganzkörperoverall, der so gut wie keinen Quadratzentimeter Haut mehr der Luft aussetzte, passierten wir die Dekontaminierungsschleuse, gingen unter einer zweiten Plane hindurch und erreichten schweren Schritts, in unseren dicken Sicherheitsstiefeln wie Astronauten über den Boden schwankend, die eigentliche Baustelle. Pierre erklärte uns, dass die Entsorgung des Asbests aus dem Berlaymont keine leichte Aufgabe gewesen sei. Es mussten zunächst alle Teile des Mauerwerks und die Zwischenwände und Zwischendecken entfernt werden, die möglicherweise mit Asbest verseucht waren. Erst als nur noch die tragenden Teile des Gebäudes standen, konnte man mit der eigentlichen Dekontaminierung beginnen. Erste Versuche waren mit benzinbetriebenen Mähmaschinen und Schneidbrennern durchgeführt worden, aber man erkannte bald, dass das irreversible Schäden an der Stahlkonstruktion verursacht hätte, und gab das Verfahren auf. Am Ende war die einzige Vorgangsweise, den Asbest zu entfernen, ihn Zentimeter für Zentimeter mit einer Maurerkelle abzukratzen. Pierre führte uns in den ersten Stock des Berlaymont, und wir durchquerten einen Gang mit niedriger Decke, wo sich Dutzende von maskierten Arbeitern wie postapokalyptische Schatten im Halbdunkel zu schaffen machten. Ein paar von ihnen, mit großen Schutzbrillen über den Augen, benutzten mobile Staubsauger, die sie an ausgestreckten Armen hielten, um den Asbest zu entfernen, andere rieben die Wände mit feuchten Tüchern ab. Überall kratzten Arbeiter in Ganzkörperanzügen mit Maurerkellen an den Wänden, um die Ernte der Asbestreste einzusammeln. Pierre ging mit seiner Maske auf dem Gesicht vorsichtig vor uns her und drehte sich von Zeit zu Zeit um, um uns einige Erklärungen zu geben, die nur gedämpft durch die Stimmmembran seiner Maske bei uns ankamen. Er war dabei, zu erklären, dass bereits mehr als tausend Tonnen Asbest aus dem Gebäude entfernt worden wären, und als wir die dumpfe Stimme hinter seiner Maske hörten, die sich mit seinem Atem in tonlosen asthmatischen Zügen vermischte, hatten wir das Gefühl, dass Darth Vader in Person für uns die Führung machte. Er fügte mit seiner erstickten Grabesstimme hinzu, dass sich nach entsprechenden Schätzungen das ganze Gebäude ohne den Asbest, der bereits aus dem Berlaymont abgetragen worden sei, um zwanzig Zentimeter gehoben habe. Als wir die Örtlichkeiten verließen, wurden wir wie jeder andere Arbeiter, der die Baustelle verließ, als Vorsichtsmaßnahme zu einer Dusche geführt. Ein Dekontaminationsraum war unter freiem Himmel eingerichtet worden, der an eine Autowaschanlage erinnerte, eine dieser *car wash* mit Reihen von an der Decke angebrachten Düsen, die mit kräftigem Strahl unter hohem Druck schäumendes Wasser ausstießen. Wir wateten mit unseren Overalls durch den Schlamm und betraten in voller Montur die Dusche. Es goss in Strömen auf uns, wir duschten in der Sintflut, und neben uns spritzte der Regen aus dem stehenden, modrigen Wasser der Pfützen hoch. Unsere Körper troffen vom Seifenwasser, wir schrubbten uns kräftig die Arme und Beine mit Bürsten, die uns zur Verfügung gestellt worden waren, um auch die letzten giftigen Rückstände von unseren Overalls abzuwaschen, wie nach einem chemischen Angriff.

Ein paar Jahre später, Anfang der 2000er-Jahre, besuchten wir erneut die Baustelle des Berlaymont. Aber so diskret und zurückhaltend mein Vater beim ersten Besuch gewesen war, so allgegenwärtig war er bei diesem zweiten Besuch. In der Zwischenzeit war er Europäischer Kommissar geworden, und er stellte sich bei diesem Treffen fast so dar, als sei er der Herr des Geschehens. Diesmal zeigte nicht mehr mein Bruder, der Architekt Pierre Detrez, seinen Verwandten die Baustelle, sondern der EU-Kommissar Jean-Yves Detrez, der in Begleitung seiner Söhne sich ein Bild von den Fortschritten der Bautätigkeiten machte. Mein Vater hatte die Macht über Pierre wieder vollständig übernommen (falls er sie je verloren hatte), seine Zurückhaltung anlässlich des ersten Besuchs war nur noch eine ferne Erinnerung. Wie er jetzt in seinem blauen englischen Kaschmirmantel, mit Gummistiefeln und Bauhelm auf dem Kopf auftrat, erweckte er den Eindruck, dass er der Bauherr sei, der Eigentümer des Ganzen, der die Baustelle mit seinem Architekten besuchte, den er hier und da zu Einzelheiten über den jeweiligen Bauabschnitt befragte. Pierre und ich hielten uns dicht an ihm und hörten ihm aufmerksam zu, während er seine Inspektion durch die Gänge fortsetzte, die Hände hinter dem Rücken, nachdenklich bei Pierres Erklärungen mit dem Kopf nickend, wie ein Staatsoberhaupt bei einem offiziellen Besuch. Inzwischen waren es mehr als tausend Arbeiter, die auf der Baustelle arbeiteten, und in allen Ecken, in Staub und Lärm, war eine rege Bautätigkeit zu erkennen. Das ursprüngliche Erdgeschoss war auf den Kopf gestellt und der innere Kern umgedreht worden, die dicken Stahlbetondecken, aus denen er sich zusammensetzte, waren zur Verdeutlichung der architektonischen Linien neu arrangiert worden. Es herrschte ein höllischer Krach in den Räumen, die wir durchschritten, überall bearbeiteten Arbeiter mit Presslufthämmern den Stahlbeton, was eine phänomenale Schwingung erzeugte, die die ganze Konstruktion zum Erzittern brachte. Pierre hatte unter einem der Stahlträger angehalten, um uns einen Einblick in die anstehenden Arbeiten zu geben, und er erklärte uns gerade, dass der Ort, an dem wir uns hier befänden, eines Tages die Cafeteria sein würde, als mein Vater, der ohne ihm zuzuhören zustimmend nickte, ihn ungeduldig und mit einem Anflug von Verärgerung unterbrach und fragte, wo der Sitzungssaal der Kommissare sein würde. Ich konnte es kaum glauben, immer dieser Hang, alles auf sich beziehen zu wollen. Pierre bot an, ihm den Saal zu zeigen, und wir fuhren mit einem langsam an der Außenfassade emporkletternden Bauaufzug zur Spitze des Gebäudes. Als wir den dreizehnten Stock erreicht hatten, führte uns Pierre in einen riesigen gräulichen Raum, der mit Reihen von Betonsäulen abgestützt war. Von überallher strömte die Luft durch weit klaffende, ins Leere gehende Öffnungen auf die Baustelle. Der Boden war schmierig, staubig, voller Schlammspuren und Resten von getrocknetem Zement. Wir folgten Pierre auf eine riesige, leere Betonplatte. Hier, hier ist es, erklärte Pierre und verlangsamte seinen Schritt. Hier würde er sein, der Sitzungssaal der Kommissare, wir waren da. Mein Vater mit seinem Bauhelm auf dem Kopf und in den schlammigen Stiefeln blieb neben einer Schubkarre stehen. Nachdenklich fragte er, wo die Kabinen für die Dolmetscher sein würden. Pierre zeigte mit einer kreisförmigen Armbewegung, wo überall im Saal Dolmetscherkabinen geplant waren. Mein Vater ging ein paar Schritte in die Mitte dessen, was im Moment noch eine leere Betonplatte war, die aber eines Tages beleuchtet und mit hellem Parkett belegt sein würde, den künftigen Jean-Monnet-Saal. Ich beobachtete ihn aus der Entfernung. Er muss sich schon vorgestellt haben, mit seinen Kollegen um den großen ovalen Tisch herumzusitzen. In seinem Kopf mussten köstliche Aussichten auf Wortmeldungen und Ovationen herumschwirren. Mit einem abwesenden Blick schien er irgendwo anders, verloren in seinen Träumen und Wünschen, und der Gedanke berührte mich peinlich, wie gefallsüchtig er in diesem Moment wirkte.

Mein Vater hatte mich bei diesem Besuch verärgert, und er musste wohl Pierre weit mehr verärgert haben als mich, denn mein Vater hatte sich nicht enthalten können, die ganze Aufmerksamkeit auf sich zu lenken, obwohl es Pierres Projekt war, das wir uns hatten ansehen wollen. Vielleicht lag es am Berlaymont, dass mein Vater die Verpflichtung spürte, eine bestimmte repräsentative Rolle zu spielen und den sozialen Status des Europakommissars zu demonstrieren, der er inzwischen geworden war. Aber weiß man, ob die Eitelkeit, die er an diesem Tag durchscheinen ließ, nicht auch seine übliche Eitelkeit war? Wie konnten wir das wissen? Wissen wir immer, wie sich unsere Nächsten in unserer Abwesenheit verhalten? Verhielt sich mein Vater vielleicht bei der Ausübung seiner Ämter generell so? Ich glaube es nicht, aber es stimmt, dass wir nur im Familienkreis mit ihm zusammenkamen, wo er nicht dieses Theater spielte. Ich hatte mich während des ganzen Besuchs im Hintergrund gehalten, meinen Vater mit kühler und kritischer Aufmerksamkeit beobachtet. Und es war derselbe kritische Blick, den ich von ihm gelernt hatte – denn er selbst hatte mir die Waffen übermittelt, deren ich mich jetzt bediente, um ihn zu beurteilen –, er hatte mich immer wieder ermutigt, mich nicht von der Komödie der Macht ins Bockshorn jagen zu lassen. Dank seines unbestechlichen Blicks erkenne ich sehr wohl den vergeblichen, eitlen, illusorischen Charakter der aufgeblasenen Erscheinungen jener Männer der Macht, die sich in Gesellschaft wichtigmachen, und nun war ich Zeuge der Überheblichkeit meines Vaters geworden. Aber zugleich konnte ich nicht verhindern, dass es mir das Herz zusammenzog, wenn ich an diesen Moment zurückdenke, denn genau jene zärtliche Nachsicht für meinen Vater, jenes Wohlwollen und jene Milde, mit denen man mit dem eigenen Älterwerden den Fehlern der Eltern begegnet, habe ich am Tag des Besuchs der Baustelle des Berlaymont gespürt, und nicht – nicht nur – rückblickend.

An diesem Tag, bei unserem zweiten Besuch, wusste ich es noch nicht, aber paradoxerweise würde ich schließlich der Einzige von uns dreien sein, der in den kommenden Jahren regelmäßig im Berlaymont ein und aus gehen sollte. Hätte man uns das am Tag des Besuchs gesagt, hätte es keiner geglaubt, wir wären alle drei aus den Wolken gefallen. Pierre wusste noch nicht, dass er sich nach und nach aus dem Projekt zurückziehen und bis zum Tag der Einweihung so gut wie nie mehr einen Fuß auf die Baustelle setzen würde. Schon damals musste er erkennen, dass dieses Bauvorhaben dabei war, seine Seele zu verkaufen. Das von der S. A. Berlaymont 2000 geleitete Projekt war in einen Rechtsstreit geraten, der nichts mit ihm zu tun hatte. Das Finanzmanagement hatte die Leitung übernommen und gewann schließlich die Oberhand über alle anderen Aspekte, waren sie nun ästhetischer oder architektonischer Natur. Und wenn im Großen und Ganzen, wie er mir später eingestehen sollte, die wesentlichen Linien des von ihm für das Berlaymont geplanten Projekts (insbesondere die neue durchlässige Haut aus auswechselbaren Laufstegen, die er für die Fassade entworfen hatte) realisiert wurden, sind andere Details, die er sich hatte einfallen lassen, Zargen, Trennwände, Holzverkleidungen, Farben, Materialien, allesamt massakriert worden, wie er es ausdrückte. Mein Vater, der sich bei unserem Besuch bereits mit genüsslicher Vorfreude am Tisch der Kommissare sitzen sah, wusste noch nicht, dass die Fertigstellung der Bauarbeiten noch mehrere Male verschoben werden musste und dass durch diese Verzögerungen eine Kommission, an der er nicht mehr beteiligt sein würde, das Berlaymont in Besitz nehmen würde. Und ich selbst – ich wäre wahrscheinlich am meisten überrascht gewesen, hätte man mir eröffnet, dass ich mich in den kommenden Jahren fast täglich in den Gängen des Berlaymont blicken lassen würde, ich dort an vielen Sitzungen teilnehmen und regelmäßig den Presseraum und die Cafeteria nutzen würde, und hätte mir an diesem Tag damals nicht eine Sekunde vorstellen können, keine vier Jahre später in die Europäische Kommission einzutreten.

Mein Vater brach sofort nach dem Besuch auf, sein Fahrer wartete vor dem Berlaymont auf ihn. Ich wollte auch gerade gehen, aber Pierre hielt mich zurück, zog mich zur Seite, er wollte mir die Fundamente des Gebäudes zeigen. An diesem Ort gibt es einen tatsächlich unentwirrbaren unterirdischen Knoten, erklärte er mir, nicht weniger als fünf Tunnel für Autos und Eisenbahn passieren diese Stelle. Sie führen alle fünf unter dem Gebäude durch, oder vielmehr, sie wurden *an* das Gebäude angebaut, denn würde man das Gebäude wegnehmen, würde der ganze Hügel in sich zusammenfallen. Aber komm mit, ich zeige es dir, sagte er zu mir, es gibt einen Geheimgang, du wirst sehen. Pierre führte mich in die Eingeweide des Gebäudes. Wir stiegen bis in das fünfte Untergeschoss hinunter, wo er eine schwere Feuertür öffnete und mich in eine schmale, dunkle Betonröhre schob, die nur von ein paar grünen Notlichtern beleuchtet war. Wir gingen durch den engen Stollen und spürten über unseren Köpfen die starke symbolische Präsenz des Berlaymont, so wie man das Gewicht der Alpen über sich spüren kann, wenn man zu Fuß durch den Gotthardtunnel geht. Pierre ging mir voraus, von Zeit zu Zeit wandte er sich zu mir um, mit einem komplizenhaften Lächeln, das zeitlos schien, als wären wir allein auf der Welt, zwei Kinder auf einer geheimen Reise zum Mittelpunkt der Erde. Ich folgte Pierre durch den Gang, wir konnten weiter das Rumoren der Bauarbeiten über uns hören. In das Summen der Presslufthämmer mischte sich gelegentlich das Rumpeln eines in der Ferne vorbeifahrenden Zuges. Pierre öffnete eine zweite Feuertür am anderen Ende des Ganges. Wir stiegen eine Treppe zur Oberfläche hinauf, und plötzlich fanden wir uns am helllichten Tag wieder, wir waren von der einen auf die gegenüberliegende Seite der Straße in die Haupthalle des Justus-Lipsius-Gebäude gekommen. Niemand hat uns aufgehalten, es ist schon erstaunlich, wie wenige Sicherheitskontrollen es zu dieser Zeit noch gab. Ob es diesen verborgenen Tunnel heute noch gibt oder ob er inzwischen zugenagelt oder zugeschüttet wurde, ich weiß es nicht, aber keine zehn Jahre nach diesem Tag, ich arbeitete bereits mehrere Jahre bei der Europäischen Kommission, sollte ich mich wieder an diesen Geheimgang erinnern, den Pierre mir gezeigt hatte, und ihn benutzen, um unter abenteuerlichen Umständen aus dem Berlaymont zu flüchten.

Am Vorabend der Beerdigung meines Vaters bin ich nach dem gemeinsamen Abendessen mit der Familie in der Avenue Émile Duray zu Fuß nach Hause gegangen. Seit Ende des Sommers wohnte ich nicht mehr mit Diane zusammen, ich hatte ein Apartment an der Place du Châtelain gefunden und war im September dort allein eingezogen. Es war bereits dunkel, als ich das Haus meiner Eltern verließ. Ich ging an den Teichen von Ixelles entlang. Es war nicht sehr spät, noch nicht zehn Uhr. Ich ging durch die Nacht und dachte noch einmal an das Abendessen im großen Esszimmer der Familie in der Avenue Émile Duray, bei dem sich zum ersten Mal die Abwesenheit meines Vaters spürbar bemerkbar gemacht hatte. Ich folgte der Allee entlang der Teiche an leeren Bänken vorbei und sah einen Schimmer orangefarbener Lichter über die Wasseroberfläche schlängeln. Ich kannte die Gegend seit meiner Kindheit. Diane und ich zogen

2007 hierher, als die Zwillinge geboren wurden, in die Rue de Belle-Vue, keine fünf Minuten von meinem Elternhaus entfernt. Ich war diesen Weg schon so oft gegangen, wenn ich von meinen Eltern nach Hause kam. Als ich in Sichtweite des Jardin du Roi war, überquerte ich die Straße, um weiter zur Avenue Louise zu gehen. Ich hatte gerade die Rue de Belle-Vue erreicht, als ich in dem Haus, in dem ich fast zehn Jahre lang mit Diane gelebt hatte, in einem der Fenster unserer Wohnung Licht bemerkte. Das kam mir rätselhaft vor, denn Diane sollte an diesem Abend nicht in Brüssel sein. Sie hatte mir erklärt, sie könne an der Beerdigung meines Vaters nicht teilnehmen, weil sie da bereits in Urlaub gefahren sei. Ich hatte sie noch am frühen Nachmittag gesehen, als ich die Zwillinge abholte und sie mir sagte, sie wolle noch am selben Abend zum Wintersport abreisen (ich wusste nicht, mit wem, und ich wollte es auch nicht wissen). Wir hatten kaum ein paar Worte auf dem Flur gewechselt, während die Zwillinge ihr Bündel fertig machten. Ein Detail nur hatte mich stutzig werden lassen, sie zeigte mir ihr Flugticket, ein elektronisches Ticket, das sie selbst ausgedruckt hatte, und legte den Finger auf die Abflugzeit, 20.40 Uhr und das heutige Datum, als wollte sie mir beweisen, dass sie tatsächlich am selben Abend abfliegen müsste. Es gab für mich keinen Grund, ihr nicht zu glauben (es sei denn, sie machte mich genau deshalb darauf aufmerksam, weil ich es sonst nicht zur Kenntnis genommen hätte, wenn sie nicht so nachdrücklich darauf hingewiesen hätte). Im ersten Moment hatte ich dem keine Beachtung geschenkt, aber danach war mir das Ganze nochmals in den Sinn gekommen. Geschah es nicht aus dem alleinigen Grund, sich zu rechtfertigen, mir gewissermaßen augenfällig zu beweisen, dass sie nicht in der Lage war, an der Beerdigung meines Vaters teilzunehmen, und sie deshalb das Bedürfnis verspürte, mir derart demonstrativ ihr Flugticket zu zeigen? Beim Abschied gab sie mir eine Art erzwungenen Beileidskuss auf die Wange, wie es sich den Umständen entsprechend geziemt, und bat mich, meine Mutter zu umarmen. Daran musste ich denken, als ich das Licht im dritten Stock des Wohnhauses betrachtete. Ich habe mir die Fassade angesehen. Alle anderen Fenster auf unserer Etage waren dunkel, aber es dauerte eine Weile, bis mir klar wurde, dass das Licht in dem kleinen Raum eingeschaltet war, in dem Diane ihr Arbeitszimmer hatte. Ich setzte meinen Weg durch die Rue de Belle-Vue fort, drehte mich ein letztes Mal zu dem Haus um, als ich ein Licht an der Fassade erlöschen sah. Ich konnte nicht sofort feststellen, in welchem Stockwerk das Licht gerade ausgegangen war, da es mehrere erleuchtete Fenster auf verschiedenen Stockwerken des Gebäudes gab. Aber ein Licht, da war ich mir sicher, war gerade ausgegangen. Könnte Diane in der Wohnung gewesen sein? Könnte sie mich erkannt haben, als ich auf der Straße entlangging?

Könnte es sein, dass sie mich seither beobachtet hatte und dass sie, als ich weggegangen war, das Licht ausgeschaltet hatte, um mich weiterhin unbemerkt beobachten zu können? War Diane in der Wohnung und beobachtete mich jetzt im Schutz des Vorhangs? Neugierig geworden, machte ich kehrt und stellte fest, dass das Licht auf unserer Etage immer noch brannte, nichts hatte sich verändert, dort war kein Licht ausgegangen. Ich war vor dem Gebäude stehen geblieben und versuchte, hinter dem Fenster etwas zu erkennen. Aber im Fenster konnte man nichts sehen, nur eben das Licht, das durch die gläserne Balkonbrüstung schimmerte. Von meinem Standort aus war es unmöglich auszumachen, ob in den dahinterliegenden Räumen der Wohnung, die nicht zur Straße hin ausgerichtet waren, Licht brannte, ob zum Beispiel jemand im Schlafzimmer war. Ich hatte den Wohnungsschlüssel in meiner Hosentasche, ich hatte diesen Schlüssel immer bei mir, es war fast zehn Jahre lang der Schlüssel zu meiner Wohnung gewesen, und ich hatte ihn Diane nie zurückgegeben. Ich ging zum Haus. Ich ging durch das Tor vor dem kleinen Garten und stieß die Haustür auf. Ich blieb vor dem Klingelbrett im Halbdunkel des verglasten Eingangsbereichs stehen. Ich wollte bei Diane klingeln, tat es aber nicht. Ich tippte den Code in die Tastatur, hörte das Klicken und trat ein. Der Aufzug stand im Erdgeschoss, ich stieg in die Kabine und drückte den Knopf für den dritten Stock. Der Aufzug fuhr nach oben. Ich sah mich im Spiegel, betastete mit gelassener Spannung den Wohnungsschlüssel in meiner Tasche. Ich wandte den Blick ab, wollte mich in diesem Moment nicht sehen. Der Aufzug hielt an und ich trat auf dem Treppenabsatz, blieb vor der Tür stehen. Wie oft in der Vergangenheit hatte ich an dieser Stelle gestanden, wenn ich nach Hause kam und den Schlüssel gedankenlos ins Schloss steckte? Erst heute Nachmittag, als ich die Zwillinge abholen wollte, hatte ich wieder auf diesem Treppenabsatz gestanden. Ich blieb einen Augenblick regungslos im Dunkeln stehen und spitzte die Ohren. Hinter der Wohnungstür war kein Laut zu hören. Leise ließ ich den Schlüssel ins Schloss gleiten und drückte die Tür auf. Ist jemand da?, sagte ich. Ich ging weiter in die Wohnung hinein. Diane?, sagte ich. Ich schloss die Tür hinter mir. Ohne das Licht im Flur anzuschalten, ging ich zu dem Raum, in dem Licht brannte. Hier hatte Diane sich ein Arbeitszimmer eingerichtet, es gab einen kleinen Tisch, auf dem sich Zeitschriften, Aktenmappen und Rechnungen stapelten. Ich sah ihren Laptop. Warum hatte sie, wenn sie zum Wintersport fuhr, ihren Laptop nicht mitgenommen? Ich verließ den Raum, ging den Flur entlang und steckte meinen Kopf in das Zimmer der Zwillinge. Es war ordentlich, nichts lag auf dem Boden oder auf dem Bett herum, als wären sie in die Weihnachtsferien gefahren und hätten vorher alles aufgeräumt. Ich überquerte den Flur und betrat die Küche. Auf dem Tisch stand ein Teller mit Essensresten. Diane – wer sonst? – musste ihn gebraucht haben. Aber warum sollte sie, wenn sie an diesem Abend zum Wintersport abgereist war, ihren Teller vorher nicht weggeräumt haben? Und was mich noch mehr wunderte, der Mülleimer war nicht geleert worden. Ich verließ die Küche und befand mich im Flur, als ich das Geräusch des sich in Gang setzenden Aufzugs vom Treppenhaus her hörte. Jemand hatte gerade den Aufzug ins Erdgeschoss gerufen. Der Aufzug, den ich im dritten Stockwerk zurückgelassen hatte, fuhr langsam nach unten. Ich blieb regungslos in der Mitte des Flurs stehen, unfähig zu entscheiden, ob ich zurück in die Küche oder zum Eingang gehen sollte. Ich hörte das Klacken des Aufzugs, als die Kabine im Erdgeschoss hielt, nur wenig später lief die Kabelwinde wieder an und der Aufzug kam in den dritten Stock hoch. Diane war in der Kabine, betrachtete sich vielleicht gerade im Spiegel. Jeden Augenblick würde der Aufzug ankommen und sie die Tür zur Wohnung öffnen und auf mich stoßen, der hier nichts zu suchen hatte. Denn obwohl ich hier zu Hause war – ich war genauso bei mir zu Hause wie bei ihr in dieser Wohnung, die wir zusammen gemietet hatten und für die ich weiterhin die Miete bezahlte –, war mir wohl bewusst, dass ich in ihrer Abwesenheit hier nichts verloren hatte. Mir kam die Idee, als Entschuldigung etwas im Zusammenhang mit dem Tod meines Vaters zu sagen oder vorzuschieben, dagegen konnte sie nichts erwidern. Ich könnte ihr erklären, dass ich um verschiedene Papiere gebeten worden wäre, darunter unser Familienbuch, und dass ich, als ich am Haus vorbeikam und wusste, dass es hier war, und ich den Schlüssel hatte, hinaufgegangen bin, um es zu holen. Ich stürzte ins Wohnzimmer, um unser Familienbuch aus der Schublade zu holen, ich wusste, wo ich es finden konnte, und kehrte in aller Eile zurück zur Wohnungstür, um Diane entgegenzutreten. Meine Erklärung stand, aber ich brauchte sie nicht abzugeben, weil Diane nicht kam. Ich hörte das Geräusch des Aufzugs, der in den vierten oder fünften Stock weiterfuhr, wo er anhielt, ich hörte die Aufzugtür sich öffnen, jemand stieg aus und ging in seine Wohnung.

Mehr als eine Minute lang war es daraufhin mucksmäuschenstill im Gebäude. Ich hatte diesen kurzen Moment irrationaler Panik überstanden, kam langsam wieder zur Besinnung und ging leise zurück ins Wohnzimmer, um das Familienbuch wieder in die Schublade zu legen, aus der ich es genommen hatte. Ich durchquerte auf dem Weg zurück leise den Raum. Im Dunkeln konnte ich die vier grünen Kontrollleuchten der Livebox sehen, drei leuchteten beständig in der Dunkelheit, eines flackerte. Das Wohnzimmer war in Mondlicht getaucht. Es war eine Weile her, dass ich einen Fuß in das Wohnzimmer gesetzt hatte, in dem ich so viele Jahre gelebt hatte. Ich sah, dass es noch immer Spuren von Feuchtigkeit an den Wänden und ein paar abblätternde Farbblasen an der Decke gab. Relikte des Wasserschadens vom Frühjahr, der uns in den letzten Monaten, in denen ich noch mit Diane zusammen war, das Leben schwer gemacht hatte. Der Wasserschaden war nicht spektakulär, aber heimtückisch, er rührte aus der Wohnung über uns her, daran gab es keinen Zweifel, aber die Wohnung im vierten Stock war unbewohnt, und die verschiedenen Spezialisten, die sich bei uns die Klinke in die Hand gaben, waren nicht in der Lage, den Ursprung des Schadens zu finden. Ich weiß nicht mehr, ob es Diane war oder ich, der zuerst bemerkt hatte, dass es eines Morgens von der Decke tropfte, und einen Topf auf den Boden darunter stellte, um dem Dringendsten abzuhelfen. Anfangs war es nur anhaltende Feuchtigkeit, blieben ein paar stockend perlende Tröpfchen an der Decke hängen, bis es dann wie aus einer Schnur unbarmherzig auf den Boden zu tropfen begann, an zwei oder drei verschiedenen Stellen, wir mussten schließlich Eimer und Blechwannen entlang der Wand aufstellen. Aber schnell hatte sich das Leck vergrößert. Die Decke war von allen Seiten angegriffen und drohte, über dem Bücherregal einzustürzen. Als ich sah, dass meine Bücher in Gefahr waren, nahm ich die Sache selbst in die Hand. Ich inspizierte den Abstellraum, in dem wir Werkzeuge aufbewahrten, und fand eine große Rolle Luftpolsterfolie. Mit Klebeband und Schere bewaffnet machte ich mich im Wohnzimmer daran, Decoupagen herzustellen, schnitt lange Streifen der genoppten Folie zurecht und fixierte sie mit Klebeband auf den Regalen, fügte dabei die Nahtstellen mit Klebeband zusammen. Ich hatte Gefallen an dem Spiel und bemühte mich, ein möglichst wasserdichtes Patchwork zum Schutz meiner Bücher zu fabrizieren. Ich hatte fast zwei Stunden mit der Herstellung dieser weiten, transparenten Schutzhülle verbracht, die an bestimmte Mäntel von Martin Margiela erinnerte, die aus allen möglichen recycelten buntscheckigen Materialien gemacht sind, mit Zebrastreifen aus Klebeband, kreuz und quer über das Kleidungsstück verteilt. Als Diane nach Hause kam und meine Arbeit sah, sagte sie nichts, schaute mich, ohne ihren Gabardinemantel auszuziehen, nur bestürzt an. Schon seit mehr als einer Woche hatten wir nicht mehr miteinander geredet. Wir betraten und verließen die Wohnung, ohne ein Wort miteinander zu wechseln, schweigend kreuzten sich unsere Wege zwischen den Eimern, Blechwannen, Töpfen und Wischlappen im Wohnzimmer. Wir lebten nebeneinanderher, jeder für sich schöpfte Wasser, der Zustand unseres Wohnzimmers war ein Abbild unserer Ehe, die den Bach runterging. Am Morgen, bevor ich zur Kommission aufbrach, brachte ich zehn Minuten damit zu, die vollen Eimer in der Küche auszuleeren und wieder dorthin zu stellen, wo es am meisten tropfte. Diane ihrerseits tat dasselbe. Wir machten alles, ohne uns abzustimmen, ohne Plan oder Absprachen. Selbst die Zwillinge, von denen man hätte denken können, dass das Vorhandenseins eines Wassergartens im Wohnzimmer sie begeistert hätte, hatten nicht den Mut, barfuß durch die Pfützen zu laufen und sich nass zu spritzen. Wie wir blieben sie wie ausgebrannt und niedergeschlagen und spürten schmerzhaft die drückende Stimmung, die in der Wohnung herrschte.

Diese Wohnung hatten wir Anfang des Sommers in desolatem Zustand zurückgelassen und die Kinder zu meinen Eltern in die Toskana gebracht. Es war schon fast ein Ritual, dass die Zwillinge seit ihrem vierten Lebensjahr ihre Ferien in der Toskana verbrachten, eine Familientradition, die mit Alessandro begann, dann kamen Henri und Hugues, die Kinder meines Bruders, die die Staffel übernommen hatten, und nun waren es eben Thomas und Tessa, die meine Eltern jeden Sommer in ihrem Haus in der Toskana aufnahmen, wo mein Vater, als er noch in guter Verfassung war, sie im Garten mit dem Schlauch bespritzte und sie in die Freuden der Demokratie einführte. Während alle Großväter in unserer Familie sich immer »bon-papa« nennen ließen, hatte sich mein Vater vorbehalten, von seinen Enkelkindern »grand-père«, Großvater, genannt zu werden. Aber so wie Ravel, als er *La Valse* abgeschlossen hatte, kein zusätzliches Bestimmungswort hinzugefügt hatte – es war unnötig, er hatte den Walzer komponiert, Punktum, in seinen Augen war nichts anderes mehr nötig –, hielt es auch mein Vater nicht für angebracht, für eine zusätzliche Präzisierung zu sorgen. Er war nicht ein Großvater, er war der Großvater. Er hatte für sich den Gattungsnamen reserviert und damit dessen Erscheinung, Sitten und Vorrechte übernommen. Er war der absolute und endgültige Großvater, die Quintessenz und der Stolz seiner Mitmenschen (um nicht zu sagen die Ehre des Berufsstandes). Der Gesundheitszustand meines Vaters hatte uns in jenem Jahr zögern lassen, ihnen die Zwillinge für die Ferien in diesem Sommer anzuvertrauen, aber meine Mutter hatte darauf bestanden, um nichts an unseren Gewohnheiten zu ändern. Die Reise war anstrengend für meinen Vater gewesen, und wir hatten ihn bei unserer Ankunft in der Toskana sehr geschwächt vorgefunden. Er saß allein an dem großen schmiedeeisernen Tisch auf der Terrasse. Ich erinnerte mich an den Sommer des Jahres 1999, wo er an derselben Stelle saß und sich auf seine Anhörung als Europäischer Kommissar vorbereitete, mit seinen Akten vor sich, seinen Zeitschriften, seinen Büchern, seiner Brille, seinem batteriebetriebenen Transistorradio, seiner Schreibmaschine. Mein Vater war ein Mann des 20. Jahrhunderts, er hatte sich nie wirklich an Computer gewöhnt, er tippte weiterhin seine Reden auf einer alten, tragbaren Olivetti. Erst als er Europakommissar wurde, begann er, Computer zu benutzen, allerdings in gewissem Sinne nur stellvertretend, indem er deren Benutzung im Breydel an seinen Kabinettschef und zu Hause an meine Mutter delegierte, bevor er nach und nach, sehr zögerlich und misstrauisch, mit sorgenvollem Blick seine ersten Schritte allein vor dem brandneuen iMac G3 machte, den man ihm angeboten hatte. 1999 stand mein Vater in seinen besten Mannesjahren. In diesem Sommer hatte er die vielversprechende Aussicht, seine öffentliche Anhörung vor dem Europäischen Parlament vorzubereiten. Es ging um viel, und er war ebenso vorbereitet wie begeistert von der Herausforderung. Damals ist er mir durch sein Getue auf die Nerven gegangen, so, wie er die Aufmerksamkeit aller auf sich zog und seine Akten über den ganzen den Tisch ausbreitete, aber mit etwas Abstand konnte ich nur liebevoll an ihn zurückdenken, wenn ich mich an seine Aufgeregtheit erinnere, die wahrscheinlich eine leichte, aber doch vorhandene Befürchtung verriet. Trotz seiner großen Berufserfahrung war mein Vater etwas nervös angesichts der feierlichen Zeremonie, die in dem halbkreisförmigen Sitzungssaal stattfinden würde, der vierhundert Personen fassen konnte und die live im Fernsehen übertragen werden sollte. Wenn er von seiner Anhörung sprach, benutzte er gerne den englischen Ausdruck *hearing*, in Anspielung auf die Anhörungen im amerikanischen Kongress, und wenn er mal nicht in sein etwas schwülstiges *hearing* verfiel (das er zudem noch als *herring* aussprach) und etwas Komplizenschaft mit uns aufbauen wollte, dann benutzte er ein studentisches Vokabular und sprach am Tisch scherzhaft von seiner »Aufnahmeprüfung«, wie um etwas zu stigmatisieren, das während seines Auftritts keinesfalls gesagt oder gemacht werden durfte, etwa wie zum Beispiel der Schluckauf, der ihm eines Morgens unerwartet passiert war (denkt nur, ich bekomme bei der Vorstellung so einen Schluckauf!, sagte er mit gespieltem Entsetzen und lachte im Voraus über den Eindruck, den ein Schluckauf im Sitzungssaal machen könnte). Während des gesamten Sommers 1999 redete er von nichts anderem als dieser Anhörung, und obwohl ich in jenem Sommer nur eine Woche bei meinen Eltern in der Toskana verbracht hatte, war ich über den Tapetenwechsel nicht unzufrieden (und überließ ihm die Zubereitung seines Herings). Der Unterschied zwischen diesem Vater damals am Firmament seiner Karriere, beruflich aufblühend, und zugleich auch in der Familie als Komplize seiner Söhne und als Spaßvogel für Alessandro, und dem alten, geschwächten Mann, auf den wir jetzt bei unserer Ankunft in San Donato trafen, war frappant. Als ich mich zu ihm beugte, um ihn zur Begrüßung auf die Wange zu küssen, war ich erschrocken, wie dünn seine Arme geworden waren. Ich hatte das Gefühl, dass er sogar an den Handgelenken abgenommen hatte, und flüchtig kam mir der Gedanke, ob er das Armband seiner Uhr um ein oder zwei Löcher enger schnallen musste, um zu verhindern, dass es von seinem Arm rutschte. Keine zwei Jahrzehnte waren zwischen diesen beiden Bildern vergangen, dem meines Vaters, majestätisch, triumphierend, in der Blüte seiner Jahre, kurz vor dem Ritterschlag zum Europakommissar, und dem meines Vaters jetzt, wie er krank auf demselben Platz saß, vor sich auf dem großen schmiedeeisernen Tisch auf der Terrasse nicht mehr seine Bücher und Aktenstapel der Kommission von damals, sondern übersichtlich und schön geordnet seine Medikamente, seine Fläschchen und Pillendöschen. Und angesichts dieser beiden Meilensteine im Leben meines Vaters, die nur siebzehn Jahre auseinanderlagen, fragte ich mich, ob sich in diesen beiden Bildern nicht etwas verbarg, eine versteckte Wahrheit lag, ein erschütterndes Resümee dessen, was das Leben war, das Vergehen des Lebens, das Schicksal eines Menschenlebens.

Viele Dinge hatten sich in diesen siebzehn Jahren verändert, aber in mindestens einem Punkt war mein Vater sich selbst vollkommen treu geblieben, ich konnte es vom ersten Abend an feststellen, als mich in der feuchtwarmen Nacht von San Donato der Duft von Zitronengras in meiner Nase kitzelte, es war die Sorgfalt, die Vorsicht und Pingeligkeit, mit der er seine Haut vor Mückenstichen schützte. Mein Vater nahm in die Toskana immer ein wahres Arsenal an Insektenschutzmitteln mit, was ihn nicht daran hinderte, gelegentlich noch etwas Neues in seine Waffensammlung aufzunehmen, das er im Schatten irgendeines der alten toskanischen Läden, die gleichzeitig Lebensmittel- wie auch Eisenwarenläden waren, auftrieb, in denen er wie ein gewiefter und sachverständiger Spezialist dort zwischen den Regalen herumstöberte, seine Brille herausnahm, um die Hinweise auf dem Etikett des noch unbekannten und noch nicht ausprobierten Mittels zu studieren. Die Basis seiner Schutzausrüstung war natürlich der gute alte Antimückenstecker. Er hatte zwei oder drei Modelle, und jeden Abend, in jedem Raum, in jedem Zimmer des Hauses, schob er genüsslich ein hellblaues Plättchen in den Schlitz des Zerstäubers, wie die Hostie in den Mund des Erstkommunikanten. Für die Terrasse wählte er indes erdfarbene oder tannengrüne Räucherspiralen, die er auf einer Untertasse ausbalancierte und ein Ende mit einem Streichholz anzündete, bevor er sich zurücklehnte und der Spirale beim langsamen Herunterbrennen zusah, wobei sie unsichtbare und flüchtige Weihrauchdämpfe in die warme Luft der toskanischen Nacht aushauchte. Aber auf seinen Reisen führte er in seinem Handtäschchen auch mobile Waffen mit sich, ein ganzes tragbares Arsenal von Fläschchen, Sprays und Lotionen, das er immer, wenn er in Restaurants oder bei Freunden war, zart auf Knöchel und Handgelenke auftrug und das die Luft mit einem unangenehmen Duft nach Zitronengras parfümierte. Ich weiß nicht, woher seine Besessenheit bei der Mückenbekämpfung stammte, aber er war zu ihrem Inbegriff geworden, und die Familie brauchte, wenn er dabei war, keine Angst vor gemeinen Stechmücken zu haben, und auch die zarte Haut der Zwillinge, ihre kleinen Pobacken und ihre pummeligen Rücken, mussten, wenn sie in San Donato schliefen, keine verirrten Moskitos fürchten, weil sie unter dem variationsreichen Insektenschutzschild meines Vaters standen.

An diesem Abend aßen wir auf der Terrasse im Schimmer der Außenlampe, die ein schwaches fahlgebliches Licht auf den Tisch warf. Meine Mutter hatte Kalbfleisch mit Oliven gemacht, und mein Vater, der abgemagert und mit angespannten Gesichtszügen am Kopfende des Tisches den Vorsitz führte, musste all seine Kraft zusammennehmen, um mit in der Runde dabei zu sein. Ich sah ihn mit Diane plaudern, deren weibliche Präsenz an seiner Seite er ebenso sehr, wenn nicht sogar mehr schätzte als ihre besondere Persönlichkeit (obwohl er sich nie sonderlich gut mit Diane verstanden hatte, die ihn ein wenig einschüchterte). Ich für meinen Teil hatte mich in Gegenwart meiner Eltern immer unwohl gefühlt. Ich hatte ständig Bedenken, wenn ich sie in der Avenue Émile Duray besuchte, genauso wie auch in der Toskana, und diese Anfälligkeit war noch stärker ausgeprägt, wenn ich nicht allein bei ihnen war, sondern wenn Diane mich begleitete. Aber Diane hatte während dieses Aufenthalts, und ich war ihr dankbar dafür, im Beisein meiner Eltern unsere privaten Streitigkeiten beiseitegelassen. Sie hatte dafür sicherlich nur das Mindeste getan, aber sie hatte es gut gemacht, und ich hatte nicht mehr von ihr verlangt. Zwei Tage lang liefen wir wie Schlafwandler im Haus in San Donato herum und halfen meiner Mutter, den Tisch zu decken und die Mahlzeiten vorzubereiten, während die Zwillinge im übergroßen Garten und auf der nach Krankheit riechenden Terrasse nur leise Lebenszeichen von sich gaben. Aber Diane hatte Bedingungen an diesen Aufenthalt geknüpft, zwei Tage sollten es sein und nicht einen Tag länger, und sie wollte nicht bei meinen Eltern in San Donato übernachten. Also hatte ich in Poggibonsi, eine Viertelstunde Fahrzeit entfernt, ein Hotel gebucht, in das wir jeden Abend nach dem Abendessen mit unserem Mietwagen fuhren. Aber kaum hatten wir das Haus verlassen, wurden die Spannungen zwischen uns jedes Mal sofort wieder unerträglich, als hätte Diane den ganzen Abend ihre Verbitterung nur im Zaum gehalten, um sie jetzt, wo wir allein waren, über mich auszuschütten. Während dieser beiden Tage in der Toskana hatte ich nicht aufgehört, im Garten meiner Eltern herumzugehen, ich war unfähig zu lesen, unfähig zu arbeiten, ich musste mich zwingen, mich einen Moment zu meinem Vater an den großen Terrassentisch zu setzen. Aber seltsamerweise erschien mir die Atmosphäre in San Donato leichter oder weniger unerträglich als die nicht auszuhaltende Atmosphäre, die herrschte, sobald ich mit Diane allein war. Die beiden Nächte in Poggibonsi in jenem an der Autobahn liegenden, von jedem Charme entblößten Hotel, waren für Diane ebenso eine Tortur wie für mich. Ich spürte fast körperlich ihre feindselige Anwesenheit im Hotelzimmer, in dem wir zwangsläufig zusammen übernachten mussten, ohne uns auszutauschen, ohne miteinander zu reden, ohne einander zu berühren. Es gab eine spürbare Befangenheit unserer Körper, wenn wir uns auf den zwanzig Quadratmetern dieses Hotelzimmers in die Quere kamen und schnell einander zu entkommen suchten. Am Morgen, beim Aufwachen, wenn wir ein Auge öffneten, lag der andere neben einem im Bett, und wir standen noch halb im Schlaf auf und duschten nacheinander. Danach zogen wir uns neben dem ungemachten Bett an, ein Handtuch um die Hüften, befangen in unserer Nacktheit in diesem unpersönlichen Raum mit pistaziengrünen Vorhängen aus gerupfter Baumwolle. Wir waren zu diesem engen Beisammensein auf engstem Raum verdammt, zusammengepfercht, ohne Alternative, ohne Fluchtmöglichkeit, und mussten uns zwei Nächte lang das Doppelbett, das Bad und die Toilette teilen. Als wir am letzten Tag wieder in San Donato vorbeifuhren, um uns von meinen Eltern zu verabschieden, stellte ich eine ungewöhnliche Traurigkeit im Blick der Zwillinge fest. Es gab viele Dinge, die sie trotz ihres jungen Alters errieten, die Krankheit meines Vaters, den Zustand unserer Ehe, die über San Donato lastende, stille Spannung. Ich spürte ihre Betroffenheit, und ich sehe noch heute ihre dunklen, verschlossenen Gesichter im Garten, als wir das Grundstück verließen.

Ursprünglich war geplant, dass Diane und ich eine letzte Nacht in Siena verbringen würden, bevor wir nach Brüssel zurückkehrten, aber wir sagten das Hotel ab und buchten unsere Flugtickets um, wollten noch am selben Abend nach Belgien zurückfliegen. Bis nach Siena war die Luft im Auto wie elektrisch geladen. Diane begnügte sich mit ein paar schneidenden Bemerkungen über meine Fahrweise. Sie saß steif und angespannt neben mir, schrak bei jeder Kreuzung aus dem Sitz und streckte ihren Arm zur Windschutzscheibe, um einem vermeintlichen Aufprall vorzubeugen, sagte mir ständig, ich solle aufpassen. Ich weiß nicht, an welchem Punkt es außer Kontrolle geriet, aber irgendwann hatte ich zu viel und hielt am Straßenrand, auf einer Art lehmiger Esplanade, die von Olivenbäumen eingefasst war, und stieg aus dem Auto. Ich atmete tief durch, fühlte mich beklommen, brauchte Sauerstoff. Auch Diane stieg aus und ging ein paar Schritte, aber beim ersten Wort, das sie dann sagte, es ging wieder um mein Fahrverhalten, sie kam zurück auf mein riskantes Überholmanöver eines Radfahrers, ohne dass ich ausreichenden seitlichen Abstand eingehalten hätte (und ohne den Blinker zu setzen), konnte ich ihre Vorwürfe nicht mehr ertragen, es machte mich rasend, ihre Stimme zu hören, und ich ging einfach weg, setzte den Weg zu Fuß fort. Ich marschierte auf dem Seitenstreifen. Ich spürte die lauwarme Luft um mich herum vibrieren, ich spürte die Sonne auf meiner Haut, ich hörte die Insekten im hohen Gras der Bankette. Es war heiß, Autos rauschten eng an mir vorbei, ihr Luftzug streifte mich. Ich lief einige Minuten zu Fuß, um mich zu beruhigen. Dann drehte ich wieder um. Diane wartete an selber Stelle auf mich. Sie hatte am Steuer des Mietwagens Platz genommen und bei offener Tür das Radio bis zum Anschlag aufgedreht, ein italienisches Chanson in voller Lautstärke, das in der Stille der Natur um das Auto herum auf absurde Weise verflog. Ich öffnete die Beifahrertür und setzte mich neben Diane, ich überließ ihr das Lenkrad, wenn sie es so wollte. Ich beugte mich vor, um das Radio auszuschalten, ohne sie zu fragen, in einer autoritären Geste, die die symbolische Gewalt, die zwischen uns herrschte, noch weiter verschärfte. Sie startete den Motor, und wir setzten unseren Weg fort. Diane fuhr schweigend. Sie hatte ihre Sichtbrille aufgesetzt, die sie nur im Auto benutzte, was ihrem Gesicht einen unbekannten Ernst, eine ungewöhnliche Strenge verlieh. Wir fuhren im Schatten auf einer schmalen, mit Bäumen gesäumten Straße. Manchmal, wenn die Sicht es zuließ, konnte man in der Ferne auf einer Anhöhe eine Reihe von Pinien neben einem alleinstehenden Gebäude mit einem Dach aus Hohlziegeln sehen. Ich ließ mich von den Weinbergen und Olivenhainen der Landschaft der Chiantigiana einlullen. Ich hatte die Gegenwart Dianas fast vergessen, dachte daran, dass ich mit meinem Vater, wenn es ihm nach dem Sommer besser gehen würde, in Brüssel in die Rosticceria Fiorentina zum Mittagessen gehen könnte, jenes italienische Restaurant in der Rue Archimède, das er so liebte, oder warum nicht in das Restaurant des Berlaymont, wenn er Lust darauf hätte. Ich starrte weiterhin schweigend auf die Straße, und aus irgendeinem Grund erzählte ich Diane von der Idee, im Herbst mit meinem Vater zum Mittagessen zu gehen. Ich erwartete keinen besonderen Kommentar von ihrer Seite, keine stillschweigende Zustimmung oder Billigung des Plans, aber Diane, die schweigend fuhr, drehte sich unvermittelt zu mir und sagte gereizt: »Aber siehst du nicht, dass er am Sterben ist?«

Ich stand immer noch im Wohnzimmer in der Rue de Belle-Vue und betrachtete das leergeräumte Bücherregal, in dem kein einziges Buch stand, und ich sah, wie das glatte weiße Holz sich aus der Dunkelheit hervorhob. Vor mehr als einem halben Jahr hatte ich diese Bibliothek ausgeräumt, als die Decke einzustürzen drohte, und ich musste feststellen, dass sie immer noch leer war. Seit

Mai war hier nichts passiert, die Bücher mussten immer noch in meinem Arbeitszimmer in den Kisten sein, in die ich sie gepackt hatte. In der Zwischenzeit müssen Versicherungsexperten vorbeigekommen sein, um den Schaden zu begutachten, Berichte zu schreiben und Bewertungen vorzunehmen. Diese Termine müssen stattgefunden haben, aber seit Sommer hatte sich hier nichts getan. Die Dinge hatten sich in die Länge gezogen, und die Wände und Decken waren immer noch nicht gestrichen. Ich verließ das Wohnzimmer und ging über den Flur zu den hinteren, dunkleren Räumen der Wohnung. Ich hatte ein seltsames Gefühl, als ich das Schlafzimmer betrat. Im Halbdunkel erahnte ich die Möbel. Hier hatte ich so viele Jahre lang mit Diane geschlafen. In der Endphase unserer Beziehung hatten wir eher symbolisch die Wohnung geteilt. Nach dem Abendessen, wenn die Zwillinge ins Bett gebracht waren, kam ich hierher, um zu lesen, während Diane sich im Wohnzimmer ausbreitete mit ihren Zeitschriften, ihrem Tablet und dem Fernsehgerät. Seit dem Sommer war ich nur einmal in der Wohnung in der Rue de Belle-Vue gewesen, ich holte ein paar meiner Sachen, als ich in der Place du Châtelain eingezogen war. Ich hatte nur das Nötigste mitgenommen, zwei oder drei Anzüge, ein halbes Dutzend Hemden und ein paar Krawatten, die ich in einen Koffer gepackt hatte. Jetzt wieder im Schlafzimmer, öffnete ich nachdenklich den Schrank, in dem ich meine

Kleidung aufbewahrte. Ein Dutzend Anzüge hingen im Dunkeln. Die Hemden lagen im Stapel auf einem Regal, gefaltet und gebügelt. Ich öffnete die andere Schranktür, und in der Dunkelheit sprang mir ein wahres Feuerwerk in die Augen, eine stille Explosion funkelnder Farben, Kapuzinerkresse, Rubin, Kirsche, Pflaume, Flieder, eine ermattete Palette Blau- und silbriger Grautöne, Mitternachtsblau, Kobaltblau, Dutzende von Krawatten, die ich hier in der Rue de Belle-Vue zurückgelassen hatte, hingen im Halbdunkel am Krawattenhalter in einem verblassten Strauß von Farben und Texturen, Mustern und Stoffen, aus Leinen, Seide, einfarbig gepunktet oder gestreift. Die meisten dieser Krawatten hatte Diane ausgesucht, die sich in der ersten Zeit unserer Ehe mit Geschmack und Entschiedenheit um mein äußeres Erscheinungsbild gekümmert und mir eine neue Garderobe zusammengestellt hatte. Sie ließ für mich in Brüssel und Paris Anzüge nach Maß anfertigen, wir kauften gemeinsam in London und Venedig Hemden, und wann immer sie Gelegenheit fand, das war ihre lässliche Sünde, schenkte sie mir eine neue Krawatte, die sie mir ungeduldig und mit einer sinnlichen Geste um den Hals band. Die Zeit, in der ich Diane kennengelernt hatte, war für mich beruflich ein Höhepunkt, ich war gerade erst der Kommission beigetreten. Nach mehreren Jahren des Umherziehens und der Unentschlossenheit hatte ich endlich meinen Weg gefunden, und Diane an meiner Seite zu wissen in diesen glücklichen Zeiten unserer Beziehung hatte mir Sicherheit im Leben gegeben. Durch das Zusammensein mit ihr fühlte ich mich aufgewertet, elegant und selbstbewusst. Noch bis zu meinem vierzigsten Lebensjahr, als ich in Paris lebte und für Futuribles arbeitete, hatte ich mir nie viel aus meinem Äußeren gemacht. Ich wohnte in einem Studio in der Nähe der Rue Saint-Sabin und fühlte mich bei meiner Arbeit und in meiner Freizeit wie ein ewiger Student. Und dann, Mitte der 2000er-Jahre, trat ich in die Europäische Kommission ein und heiratete unmittelbar danach Diane. Plötzlich, mit dem neuen Jahrhundert, kam ich ins Berlaymont mit einer sehr hübschen Frau am Arm.

Von Anfang an war es ein totales Missverständnis gewesen. Übrigens war das Erste, das Diane zu mir sagte, ein »Wie bitte?«. Später haben wir darüber nur gelacht, aber ich hätte es als warnendes Vorzeichen verstehen können. Es geschah im Durcheinander einer Party, die von einem Kollegen der Kommission gegeben wurde. Wir stießen zufällig am Buffet aufeinander. Ich kannte sie vom Sehen, hatte sie aber noch nie angesprochen. Ich zeigte auf die Reihe von Flaschen, die mein Kollege als Begleitung für das Essen ausgewählt hatte, und machte die ironische Bemerkung, es handele sich um argentinische Weine. Und da hörte ich zum ersten Mal Dianes Stimme. Wie bitte?, sagte sie und legte ihre Hand auf meinen Arm, um mir zu verstehen zu geben, dass sie in dem Rummel um uns herum nicht gehört hatte, was ich gerade gesagt hatte. Wenn man für die Europäische Kommission arbeitet, sagte ich ihr und schrie jetzt fast, dann hat man wirklich die Qual der Wahl, wenn es um den Wein geht, den man den Gästen vorsetzt: argentinische Weine, chilenische Weine, australische Weine, kalifornische Weine. Sie lächelte mich an. Es ist wahr, sagte sie, er hätte sich etwas anstrengen können! Obwohl ich den Malbec gern trinke, darum geht es nicht, fügte ich hinzu und trat näher an sie heran, sprach ihr ins Ohr, um die Musik zu übertönen, und wir begannen, uns über Weine, Rebsorten und Regionen zu unterhalten. Diane kannte sich aus. Wir setzten unser Gespräch zu zweit fort, zuerst Seite an Seite am Buffet stehend, dann im Sitzen, sie auf einem eleganten Sessel aus Rohrgeflecht, und ich auf dem Arm eines Sofas, jeder mit einem Teller mit Horsd'œuvres und einem schönen Stielglas, die ich gelegentlich mit Malbec füllte, an dem Abend ließen wir uns nicht mehr aus den Augen. Ich war fasziniert von ihr, natürlich war mir schon vorher nicht entgangen, wie schön sie war, jetzt entdeckte ich ihr strahlendes Wesen. Mit unseren Weingläsern in der Hand redeten wir, deuteten einige Tanzschritte an, ein langsames und komplizenhaftes Wiegen in den Hüften. Kurz nach Mitternacht brachen wir gemeinsam auf. Wohin gehen wir jetzt? Wir hatten gerade die Party verlassen, und ich folgte ihr die Treppe hinunter. Ich schlug ihr vor, bei mir vorbeizuschauen, aber sie wollte lieber, dass wir zu ihr gingen. Sie bewohnte ein kleines Apartment in Uccle, und der Zauber des Abends setzte sich in ihrem Wohnzimmer fort. Möchten Sie etwas trinken?, fragte sie mich, als ich etwas ermattet auf ihrem großen weißen Sofa saß. Wir haben vorsichtig angestoßen. Ich verfloss in einer magischen Trunkenheit. Sie stand auf, legte etwas Musik auf. Möchten Sie ein Bad nehmen?, fragte sie mich, hinter mir stehend, im selben Ton, in dem sie mich gefragt hatte, ob ich etwas trinken wollte. Ich schaute mit einem fragenden Blick zu ihr auf. Na dann, ich jedenfalls nehme jetzt ein Bad, sagte sie, Sie sind willkommen. Sie lächelte mich an. Ich gab ihr ein Lächeln zurück, und sie ging, um sich ein Bad einlaufen zu lassen. Sie ließ sich alle Zeit, ging in ihr Schlafzimmer und begann, sich dort auszuziehen, redete dabei weiter mit mir. Sie steckte ihren Kopf ins Wohnzimmer und lächelte mir im Bademantel zu, bevor sie ins Badezimmer verschwand. Ich hörte, wie sie sich durch den Raum bewegte, ihren Bademantel auszog und sich ins Wasser gleiten ließ. Kommen Sie?, rief sie nach einem Moment. Die Badezimmertür war offen geblieben. Ich erhob mich und ging zu ihr hinüber. Mit meinem Glas in der Hand blieb ich im Türrahmen stehen. Wir sahen uns komplizenhaft an und redeten weiter. Ich verließ das Badezimmer. Auf dem Flur begann ich zögernd, mich meiner Kleidung zu entledigen, zog Jackett, Krawatte und Hemd aus und legte sie auf einen Stuhl. Als es daran ging, auch die anderen Sachen auszuziehen, wurde es mir peinlich. Ich zog noch die Hose aus, kehrte in Boxershorts unentschlossen ins Badezimmer zurück. Dort zog ich meine Shorts in einem Rutsch herunter (in der Art, in der man seine Unterhose in der Öffentlichkeit auszieht) und stieg zu ihr in die Badewanne. Als ich hineinrutschte, sagte ich so etwas wie »Entschuldigung, aber ich habe meine Badehose zu Hause vergessen«, und ein schönes Lächeln blitzte in ihren Augen auf. Was mich beeindruckt hat, war, mit welcher Gelassenheit sie in der Badewanne lag. Ihre Brüste ragten aus dem Wasser, eine Hand ruhte auf dem Wannenrand, sie sah mich an, als hätte sie ihr ganzes Leben lang nichts anderes gemacht. Ich für meinen Teil fühlte mich äußerst unwohl, ich kam mit der Situation nicht zurecht. Schon als ich ins Wasser gestiegen war, war der Pegel bedrohlich gestiegen und etwas Wasser auf die Fliesen gelaufen. Ich bewegte mich nicht mehr, blieb starr sitzen und fragte mich, ob es, um ihre Nacktheit zu honorieren, aus Gründen der Höflichkeit besser wäre, wenn ich einen Steifen bekäme oder nicht. Ich hatte keine Erfahrung auf diesem Gebiet. Ich entschied mich – so weit man eine Erektion so im Griff haben könnte wie den Temperaturregler eines Warmwasserhahns – für eine mittlere Erektion, weder für die triumphale Erektion, die etwas verfrüht hätte erscheinen können, noch für den stoisch schlaffen Schwanz, der vielleicht als mangelndes Interesse an ihr hätte gewertet werden können. In der Badewanne uns gegenübersitzend, setzten wir unser Gespräch fort, ich mit meiner passenden Erektion (gut berechnet, wirklich, ich konnte stolz auf mich sein). Mir war nicht entgangen, dass sie gelegentlich verstohlen die Augen gesenkt hatte, um den Stand der Dinge einzuschätzen, der ihr perfekt zuzusagen schien (wir befanden uns schließlich unter Menschen von Welt). Bis jetzt hatte ich mich nicht von der Stelle gerührt, blieb wie eingefroren auf meiner Seite sitzen, hatte mein Territorium nicht überschritten, hatte nicht gewagt, mich in der Wanne zu bewegen, aus Angst, dass das Wasser wieder auf die Fliesen laufen würde. Sie machte es sich weiterhin wie zu Hause gemütlich. Mit zwei Fingern drehte sie kurz den Wasserhahn auf, ließ ein wenig heißes Wasser einlaufen, und schloss ihn wieder mit einer gesetzten und eleganten Geste. Sie presste zärtlich einen Schwamm zusammen, und ein Rinnsal floss sinnlich über ihre Schulter, und reichte mir einen Handschuh aus Rosshaar. Endlich konnte ich mich entspannen. Ich wagte es sogar, vorsichtig meine Gliedmaßen, die schon unbeweglich geworden waren, im lauwarmen Wasser zu strecken. Ich fühlte meine Selbstsicherheit zurückkehren. Ich streckte einen Fuß am Boden der Badewanne vor mir aus, und sanft, mit gesenktem Blick, als hätte ich zum ersten Mal ihre Hand genommen (was ich, sicher aus Schüchternheit, bisher noch nicht getan hatte), glitt ich mit der Zehenspitze in ihr Geschlecht. Ich machte keine weitere Bewegung, ich sah ihr in die Augen, ich wartete auf ihre Reaktion – etwas weniger als ein Jahr später waren wir verheiratet.

Ich stand immer noch im Schlafzimmer der Wohnung in der Rue de Belle-Vue und schaute auf die Krawatten im Schrank, in dem ich meine Sachen aufbewahrte, als mein Blick auf eine Seidenkrawatte fiel, die mit winzigen Tupfen in Parmafarbe bedruckt war. Es war eine Krawatte, die mir meine Eltern vor einigen Jahren zu Weihnachten geschenkt hatten. Ich wusste, mein Vater hatte sie ausgesucht, denn mein Vater hatte die rührende Eigenschaft, um Geschenke, die er selbst besorgt hatte, ein großes Trara zu machen, er drückte es einem selbst in die Hand, wartete, bis man es geöffnet hatte, und lauerte ungeduldig auf die Reaktion, wobei er eine wirklich niedliche Freude der Selbstliebe an den Tag legte, wenn man ihm gegenüber sein Wohlgefallen zum Ausdruck brachte. Als ich diese Krawatte unter den mehreren Dutzend anderer Krawatten, die Diane mir geschenkt hatte, im Schrank entdeckte, beschloss ich, sie mitzunehmen, um sie am nächsten Tag bei der Beerdigung meines Vaters zu tragen. Ich zog sie vom Krawattenhalter, faltete sie vorsichtig zusammen und steckte sie in meine Jackentasche. Ich wollte gerade das Schlafzimmer verlassen, als ich einen

Moment vor dem Bett stehen blieb. In diesem Bett hatten Diane und ich uns fast zehn Jahre lang geliebt. Das Bett war gemacht, man erahnte es im Dunkeln, mit den hellen Flecken der beiden Kissen, meines und das von Diane, und ich fragte mich, ob Diane, jetzt, wo ich nicht mehr da war, manchmal mein Kissen nahm, um es zu ihrem zu legen, um ein Doppelkissen daraus zu machen oder es in die Arme zu nehmen oder nachts zwischen ihre Beine. Ich schaute auf das Bett im Halbschatten und dachte daran, wie wir uns dort im Frühling ein letztes Mal liebten. Es war ein Abend im Mai. Diane hatte gerade ein Bad genommen, Diane hat es immer geliebt, ein Bad zu nehmen, morgens und abends (und sogar mitten in der Nacht, wie an dem Tag, an dem wir uns das erste Mal begegnet waren). Diane badete gern im Dunkeln, beim Schein einer Kerze, die sie auf den Badewannenrand stellte, und hörte dabei klassische Musik von ihrem Tablet. An jenem Abend kam Diane nach dem Baden in ihrem dicken weißen Bademantel und mit nassen Haaren und einem Frotteetuch in der Hand zurück ins Schlafzimmer. Ich saß in meinem Sessel, las gerade etwas und lächelte sie an. An diesem Abend hatte es keine Feindseligkeiten zwischen uns gegeben, ich schlug mein Buch zu und ließ sie im Zimmer allein, damit sie sich hier wohlfühlen konnte. Ich ging ins Badezimmer, putzte mir die Zähne, und weil ich sah, dass das Wasser in der Badewanne noch nicht abgelaufen war und die Kerze noch am

Wannenrand in einer Untertasse stand, stieg ich in Dianes Badewasser, ohne mich hinzusetzen, und duschte im Stehen, Füße und Beine im lauwarmen Wasser. Ich stieg wieder aus der Badewanne, zog meinen Bademantel über, nahm die Kerze mit, deren Flamme im Flur flackerte, und ging hinüber ins Schlafzimmer zu Diane, wo es nach Feuchtigkeit und Shampoo roch. Ich stellte die Kerze auf den Nachttisch und löschte das Licht. Wir waren beide im Bademantel in unserem Schlafzimmer, sie in einem weißen Bademantel und ich in meinem schwarzen. Das Kerzenlicht warf einen sanften Schimmer in den Raum, und unsere Schatten tanzten in Zeitlupe über die Wände. Ich weiß nicht, wie es kam, dass wir uns einander angenähert, dass wir den Kontakt gesucht haben, statt voreinander wegzulaufen, wie es in der letzten Zeit so oft geschehen war, sobald wir uns im selben Zimmer begegneten, dass wir eine sanfte Handbewegung in Richtung des Körpers des anderen machten, einen flüchtigen Kontakt, eine leichte Berührung, bis wir uns in der Mitte des Zimmers gegenüberstanden und uns mit einem einzigen Blick verständigten und auf das Bett setzten, uns gemeinsam in die milde Weichheit der Bettdecke zurückfallen ließen. Unsere Bademäntel hatten sich wie von allein geöffnet und fielen an uns herab, meiner auf den Boden am Fußende und ihrer auf die Seite des Bettes, immer noch von ihrem Körper gehalten. Das Berührende an dieser Umarmung war, dass wir versuchten, sie gelingen zu lassen, es richtig zu machen, zärtlich wieder Kontakt aufzunehmen, den anderen wiederzufinden, von dem wir uns wochenlang ferngehalten hatten. Wir wussten, wie schwierig es war, zu viele Dinge hatten uns getrennt, wir hatten uns in den letzten Monaten auseinandergelebt, aber wir bemühten uns, uns wieder an die Haut des anderen zu gewöhnen, uns gegenseitig Wärme zu geben, uns in der Umarmung zu besänftigen, auch wenn wir kein Begehren empfanden, und das war letztlich das Erschütterndste, das unabwendbar Erschütterndste, dass keiner von uns wirklich ein Verlangen empfunden hatte, dass dieses Verlangen zwischen uns verschwunden war, dass wir uns damit begnügten, die ewigen selben Gesten der Liebe zu wiederholen, aber es für uns an jenem Abend in unserer Umarmung unmöglich war, von der gegenseitigen Gereiztheit abzusehen, die wir einander verursachten. Es lag ein lang anhaltendes und tiefgehendes Zerwürfnis zwischen uns vor, und wir versuchten, es mit unseren Küssen und Liebkosungen zu überdecken, zurückzudrängen, unternahmen die Anstrengung, es zum Schweigen zu bringen und zu beruhigen, aber der Streit konnte jederzeit, beim geringsten Funken, wieder aufbrechen und uns ins Gesicht explodieren. Wir konnten nicht anders, es lag nicht in unserer Macht, wir hatten nicht einmal die Wahl, aber wir schliefen miteinander und wir wussten, dass wir kein Verlangen danach hatten, miteinander zu schlafen, wir wussten es beide, und doch, so vertraut unsere Körper waren, machten wir mit unseren so oft praktizierten Liebkosungen weiter, ich weiß nicht, woran sie in diesem Moment dachte, ich weiß nicht einmal, woran ich dachte, aber mir war diese grundsätzliche Unmöglichkeit in aller Deutlichkeit bewusst, es war mir bewusst, dass ich an diesem Abend nicht mit ihr schlafen wollte, während wir uns, im Dunkeln liegend, den Kopf am Geschlecht des anderen, gegenseitig leckten. Mein Körper hat es wahrscheinlich genossen, mein Schwanz kam wahrscheinlich auf seine Kosten, aber meine Seele war anderswo, und das galt aller Wahrscheinlichkeit nach auch für sie, sie musste, da war ich mir sicher, die gleiche Sinnlosigkeit gefühlt haben, als ich im Dunkeln ihre Muschi leckte. Wir sahen unser Geschlecht nur bei Kerzenlicht und das war sicherlich neutraler und unpersönlicher, es war einfacher, als wenn unsere Gesichter aneinandergeklebt hätten und wir mit dem verzweifelten Mund und dem unerbittlichen Blick des anderen konfrontiert worden wären. Mitten in unserer Umklammerung kam es dann plötzlich zu einer Gebärde ihrerseits, die ich als Ausdruck ihrer Gereiztheit oder ihrer Verärgerung verstand, als sie ungeduldig ihr Becken anhob, im Versuch einen Zipfel ihres Bademantels unter ihrem Gesäß hervorzuziehen, der sie stören musste und den sie unvermittelt und mit aller Gewalt loswerden wollte, was nicht gegen mich ging, sondern es ging um den Fetzen des Bademantels, der ihr schon länger lästig gefallen war, und in dieser Gemütslage wand sie sich unter mir und machte diese rücksichtslose Geste, doch mit derselben Bewegung, mit der sie ihren Bademantel unter dem Gesäß befreite, unter dem er klemmte, hatte sie mich von sich weggestoßen. Und obwohl sie weiter nichts sagte, nichts zu erkennen gab, es keiner Worte bedurfte, hatte diese Geste sie verraten und in aller Deutlichkeit offenbart, was sie mir gegenüber empfand, diese Geste zeigte, wie sehr ihre Nerven blank lagen, mit mir an diesem Abend und in diesem Augenblick im Ehebett zu liegen. Und ich nahm dieses so unübersehbare stillschweigende Eingeständnis zum Vorwand, um ebenfalls abzubrechen und auch meinerseits diese aussichtslose Umarmung zu beenden, die zu nichts führte. Ich hatte ohne weitere Erklärung innegehalten, ließ mich zur Seite fallen, lag auf den Rücken im Bett und zog nun meinerseits genervt an der Bettdecke, um meine Nacktheit zu bedecken, die ich nicht mehr mit ihr teilen wollte. Was ich dann, ohne darüber nachgedacht zu haben, zu ihr sagte, war etwas, um sie loszuwerden, sie auf Abstand zu halten, sie zu verletzen. Was ich ihr da sagte, war, dass sie nicht wisse, wie man es macht, ich glaube, ich habe nur das gesagt, dass sie nicht wisse, wie man es macht, aber das konnte sie nicht ertragen, das war etwas, was sie nicht anhören konnte, niemand kann das von einem Liebhaber oder einer Geliebten ertragen, selbst wenn »wissen, wie man es macht« nicht die eigentliche Frage ist und nichts mit Liebe und Sex zu tun hat, wenn man sich liebt. Und du, weißt du, wie man es macht?, antwortete sie. Nein, ich auch nicht, ich weiß nicht, wie man es macht, wir wissen beide nicht, wie man es macht, sagte ich, im Versuch, die Sache wiedergutzumachen. Sofort sah ich mich im Unrecht, fühlte mich schuldig, ihr gegenüber einen Fehler begangen zu haben. Diane hatte sich langsam nackt auf der Matratze ausgestreckt, sie setzte ihre Füße auf den Boden und saß auf der Bettkante mit dem Rücken zu mir. Sie sagte nichts mehr zu mir, und ich verstand ihre Niedergeschlagenheit, ich verstand ihren Schmerz. Ich wollte etwas tun, nicht um mich zu entschuldigen, sondern um ihr mein Mitgefühl zu zeigen für das, was aus uns geworden war, und ich näherte mich ihr und berührte sanft ihren Arm. Sie riss sich gewaltsam los. Sie saß auf der Bettkante und rührte sich nicht mehr. Sie drehte sich zu mir um und sah mich an. Sie starrte mich an mit verschlossenem Gesicht, ihr Blick war kalt, und sie schien dabei angestrengt über etwas nachzudenken. Im Schein des Kerzenlichts wirkte ihr Gesicht sehr schön und sehr entschlossen, ich hatte sie noch nie so leidenschaftlich gesehen. Es war schrecklich. Und dann, mit einer sachlichen, nicht einmal polemischen Stimme, teilte sie mir das Ergebnis ihrer Überlegungen mit. Ich liebe dich nicht, sagte sie.

Dann hörten wir ein Klopfen an der Tür des Arbeitszimmers meines Vaters. Noch bevor wir Zeit fanden, zu reagieren, öffnete sich bereits die Tür und der Bestatter trat ein, näherte sich uns behutsam und sagte in feierlichem Ton: »Wir werden jetzt den Sarg schließen.« Mein Herz schnürte sich zusammen, und ich verstand in diesem Augenblick, was das bedeutete. Möchte sich die Familie vielleicht ein letztes Mal versammeln? Wir nickten schweigend. Pierre verließ das Arbeitszimmer, um die Kinder zu rufen, und ich weiß nicht, wie sich die Nachricht im ganzen Haus verbreitete, aber von überallher kamen Stimmen, Flüstern, leise Schritte im Flur, und nur kurze Zeit später betraten Pierres Söhne eingeschüchtert und mit gesenktem Kopf das Zimmer, bald gefolgt von Alessandro und den Zwillingen, Thomas im Blazer eines jungen Mannes und Tessa in einem blauen

Kleid mit weißer Borte. Nach der langen, andachtsvollen Stille, die seit Beginn des Vormittags im Raum geherrscht hatte, belebte sich plötzlich das Arbeitszimmer meines Vaters. Der Bestatter ließ uns allein. Thomas und Tessa zündeten, nachdem sie mich um Erlaubnis gebeten hatten, jeder eine Kerze an und stellten sich, ihre Augen konzentriert auf die Flamme gerichtet, vorsichtig als Wächter zu beiden Seiten des Sarges meines Vaters auf. Mein Vater ruhte vor uns im offenen Sarg, in Anzug und Krawatte, mit den Händen gefaltet auf dem Bauch. Ich betrachtete sein regloses Gesicht, auf dem der Schein der Kerzen tanzte, und wusste, dass es das letzte Mal war, dass ich ihn sehen würde, es das letzte Bild sein würde, das mir von ihm bleiben würde. Dann verließ ich den Raum und ging zurück ins Wohnzimmer. Ich stand am Fenster und beobachtete abwesend, wie der Regen auf die Straße fiel. Der Leichenwagen hatte vor dem Haus geparkt, man sah ihn durch das Fenster. Alessandro kam und stellte sich neben mich an das Erkerfenster, ich deutete ein Lächeln an, machte ihm gegenüber eine Geste der Zuneigung, die Geste eines Vaters an seinen Sohn – und da wurde mir bewusst, und es bereitete mir einen leichten Schwindel, dass ich in der Beziehung Vater–Sohn von jetzt an nur noch Vater sein würde.

Der Bestatter erschien noch einmal, um uns mitzuteilen, dass der Trauerzug nun bereit sei zum Aufbruch. Für einen Moment kam wieder Leben im Wohnzimmer auf, man erhob sich aus den Sesseln, machte sich auf in Richtung des Eingangs, zog sich Mäntel über. Ich begrüßte Sylvie, die Frau meines Bruders, die gerade eingetroffen war. Ich sah, wie der Sarg auf den Schultern von vier Gestalten in dunklen Anzügen feierlich aus dem Arbeitszimmer getragen wurde. Sie passierten die Glastür des Speisesaals und bogen zum Eingang ab, wo wir zur Seite traten, um sie vorbeizulassen. Der Bestatter, der vorausging, öffnete ihnen die Eingangstür, und wir folgten dem Sarg die Straße hinunter, knöpften im kalten Dezemberwetter noch unsere Mäntel zu. Wir verteilten uns auf die Autos, die uns zur Kirche bringen sollten. Meine Mutter stieg in den Wagen meines Bruders, und die Kinder drängten sich in andere Fahrzeuge. Es waren kaum fünfhundert Meter zwischen meinem Elternhaus und der Abtei von La Cambre, und ich beschloss, den Weg zu Fuß zu gehen. Ich ging los. Es regnete leicht, auf den Dächern der Autos lag Raureif. Nach einem Augenblick kam der Konvoi an mir vorbei, mit dem Leichenwagen voran, der langsam die Avenue Émile Duray hinunterfuhr, gefolgt vom Wagen meines Bruders. Als ich den Innenhof der Abtei La Cambre betrat, war der Leichenwagen noch immer unterwegs, umrundete wie in Zeitlupe den gepflasterten Hof entlang der weißen Gebäude der Abtei. Der Wagen blieb vor der Kirchentür stehen, wo bereits etwa fünfzig Personen warteten. Gedankenverloren überquerte ich den gepflasterten Hof der Abtei von La Cambre und ging zu den anderen vor der Kirche. In kleinen Grüppchen warteten sie dort vor dem Portal unter Regenschirmen. Unter ihnen erkannte ich viele bekannte Gesichter, würdevoll, zurückhaltend, als ich mich näherte, sahen sie mir ernst entgegen. Ich fühlte mich ein wenig leer und gleichzeitig im Zentrum der allgemeinen Aufmerksamkeit. Ich grüßte einige Leute. Ich bahnte mir einen Weg durch die Anwesenden, umarmte hier, klopfte dort auf die Schulter, schüttelte Hände, wechselte ein paar Worte. Zahlreiche Freunde meiner Eltern waren gekommen, manche von ihnen hatten den Weg von Paris auf sich genommen.

Die erste Person, die ich im Schatten des Eingangs sah, als ich die Tür der Kirche Notre-Dame de la Cambre aufdrückte, war Elisabetta, meine erste Frau. Ich wusste von Alessandro, dass seine Mutter bei der Beerdigung anwesend sein würde, und es war mir eine große Freude, sie wiederzusehen. Elisabetta war an diesem Morgen mit dem Flugzeug aus Rom gekommen. Sie hatte noch keine Zeit gehabt, ihre Sachen ins Hotel zu bringen. Der Taxifahrer, in dessen Wagen sie am Flughafen gestiegen war, hatte sich geirrt und sie an der Kirche Sainte-Croix abgesetzt, und sie hatte fünfzehn Minuten lang durch den Regen laufen müssen. Sie hatte ihren nassen Gabardinemantel ausgezogen und ihn zum Trocknen über einen

Gebetsstuhl gehängt. Als ich die Kirche betrat, hockte sie auf dem Boden über ihrer Reisetasche und wühlte gerade darin herum, zog Kleidungsstücke heraus und stellte ihr Reisenecessaire auf den Steinboden. Sicher hatte sie für die Beerdigung etwas Passendes an Kleidung vorgesehen, aber da sie nicht die Zeit hatte, sich umzuziehen, begnügte sie sich damit, aus den Tiefen ihrer Tasche einen eleganten schwarz-beigen Seidenschal für die Feier herauszuziehen, den sie sich um den Hals band. Als sie mich sah, stand sie auf und ging mit bestürztem Gesichtsausdruck auf mich zu, und wir umarmten uns. Sie hob den Kopf zu mir hoch und sagte mit leiser Stimme: »Ich habe ihn sehr geliebt, du weißt, ich habe deinen Vater sehr geliebt.« Elisabetta weinte an meiner Schulter, ich spürte die Wärme ihres Körpers an meinem, und diese Umarmung, die so sinnlich und weich war, verwirrte mich. Sie zog mich am Arm mit sich und sammelte ihre auf dem Boden verstreuten Sachen ein, ging dann mit der Reisetasche in der Hand mir voraus ins Kirchenschiff. Von weitem hatte sie meine Mutter erkannt, die vor der ersten Reihe stand und die Beileidsbekundung eines ehemaligen Kollegen meines Vaters entgegennahm, und machte ihr diskret ein Zeichen mit der Hand. Als meine Mutter, die mit gefasster Miene woanders zu sein schien, Elisabetta erkannte, hellte sich ihr Gesicht sofort auf. Man konnte spüren, wie froh sie war, sie zu sehen, wie dankbar, dass sie den ganzen Weg von Rom gekommen war. Elisabetta ging zu meiner Mutter, und ich sah, wie sie sich wortlos vor der ersten Kirchenbank umarmten. Sie schluchzten, die eine in den Armen der anderen, aber schon wischte Elisabetta ihre Tränen weg und erzählte meiner Mutter von ihrem Verdruss mit dem Taxi, und während sie ihre Geschichte mit ich weiß nicht was noch für einem Missgeschick anreicherte, das ihr in den Weg gelegt worden war, begann sie plötzlich zu lachen, und da war Elisabettas aufrichtiges, leichtes, fröhliches Lachen zu hören, das in der feierlichen Stille der Kirche widerhallte. Lächelnd und weinend zugleich sah meine Mutter Elisabetta an, war ein wenig aus der Fassung gebracht, etwas verblüfft (Alessandro, elegant in seiner schwarzen Jacke und seinem weißen Hemd, sah seine Mutter mit einer Mischung aus Stolz und Zärtlichkeit an). Dann erschien der Bestatter und forderte uns auf, die Plätze einzunehmen, damit die Feier beginnen könne, aber Elisabetta bewegte sich nicht von der Stelle, hörte nicht auf die Anweisungen. Sie sprach weiter mit meiner Mutter vor der ersten Reihe, mit dem Rücken zum Altar und mit ihrer Reisetasche zu ihren Füßen. Elisabetta hatte sich wirklich nie an Regeln gehalten oder Gebote befolgt. Sie befreite sich leichten Herzens von solchen Schicklichkeiten, aber sie tat dies mit einer solchen Natürlichkeit und einer solchen Nonchalance, dass sie jedes Mal einen neuen Gebrauch nur für sich zu erschaffen schien, als würde sie ständig die

Grenzen der Regeln überschreiten, statt sie zu respektieren.

Elisabetta hatte sich mit meinen Eltern, insbesondere mit meinem Vater, immer sehr gut verstanden, auch wenn ihre Temperamente äußerst verschieden waren. Mein Vater, der sehr großen Wert auf ethische Prinzipien legte, hatte Pierre und mir von klein auf die Grundlagen der Demokratie eingebläut – Gewaltenteilung, Meinungsvielfalt, Mehrheitsrecht und Gleichheitsprinzip. Diese Prinzipien waren für mich unstrittig von einer unwiderlegbaren Gültigkeit, sie waren nicht diskutabel. Sie besaßen den gleichen Wert wie universelle Naturgesetze. Das Prinzip der Gleichheit zum Beispiel, bezogen auf das Alltagsleben, konnte die Art und Weise beschreiben, wie man etwas teilt, etwa einen Kuchen oder ein Stück Fleisch. Das Prinzip, die goldene Regel, die mein Vater uns immer gelehrt hatte, konnte in der Eleganz eines Axioms zusammengefasst werden: »Der eine schneidet, der andere wählt aus.« Dies schien mir von absolut gesundem Menschenverstand und sehr leicht nachvollziehbar zu sein, da es die Versuchung zum Missbrauch einschränkt, indem es denjenigen, der teilt, zwingt, die größtmögliche Gerechtigkeit herzustellen, da er sonst Gefahr läuft, sich am Ende selbst zu benachteiligen. Aber Elisabetta hörte auf diesem Ohr schlecht. Hatten wir zum Beispiel zu Hause nur einen Schokoladenkuchen zum Dessert, dann teilte Elisabetta den Kuchen mit großer Begeisterung und größter Selbstverständlichkeit und oft auch mit einer gewissen Gefräßigkeit in zwei völlig ungleiche Teile, einen kleinen und einen großen, nahm sich dann den großen und biss genussvoll hinein. Ich erstickte fast vor Empörung über diesen offensichtlichen Angriff auf die Demokratie, doch über meinen Protest fegte sie lachend hinweg und sagte: »Oh, aus einem kleinen Stückchen Kuchen wirst du jetzt doch keine große Geschichte machen!«, und wenn ich dennoch darauf beharrte und ihr zu erklären versuchte, dass es mir doch ganz offensichtlich nicht um das größere Stück Kuchen ginge, das sie sich da genommen hätte, sondern um das Prinzip – das universelle Prinzip der Demokratie, das überall auf der Welt, wo es bedroht war, verteidigt werden müsse –, dann zwinkerte sie mir frech zu, was bedeuten konnte: »Ich mache es dir wieder gut«, und wenn sie gut drauf war, sogar ein: »Ich mache es dir unter der Bettdecke wieder gut.« Aber das hat damit überhaupt nichts zu tun, protestierte ich, und außerdem ist das ein Bestechungsversuch! Sie verwechselte Sex mit Gleichheit! Elisabettas Blick, immer noch spöttisch, schien hinzuzufügen: »Du kriegst auch noch dein Fett weg.« Ich war konsterniert. Sie ermordete die Demokratie und war sich dessen nicht einmal bewusst.

Ein anderes Prinzip meines Vaters, das Elisabetta fröhlich verunglimpfte, war der Umgang mit Salz. Mein Vater hatte mir und meinem Bruder immer geraten, später dann auch seinen Enkeln, Alessandro, Henry und Hughes, Thomas und Tessa (und ich weiß das, denn ich sah Tessa, wie sie mit ihren neun Jahren eines Tages Pfannkuchen machte und zu meinem großen Erstaunen dabei das Prinzip meines Vaters gewissenhaft befolgte), das Gericht, das man zubereitete, nie direkt aus dem Salzstreuer zu salzen, sondern immer – immer – das Salz über die Hand zu geben, zuerst das Salz in die Hand zu streuen, um es dann besser dosieren zu können und so die ungewollte Katastrophe zu vermeiden, dass eine zu große Menge Salz auf einen Schlag ins Essen gerät, das man zubereitet. Ein Prinzip des gesunden Menschenverstandes, ich hatte es Elisabetta schon so manches Mal erklärt, aber wie oft hatte ich Elisabetta in unserer kleinen Pariser Küche dabei ertappt, wie sie bei der Zubereitung eines leckeren Fischs das Salz direkt aus dem Streuer in die Pfanne streute, was sage ich streute, vielmehr kippte sie die Dose Salz über die Pfanne aus, schüttete fröhlich das Salz über den Fisch, mit all ihrem leidenschaftlichen und romanischen Ungestüm, und schickte mich zum Teufel, wenn ich mir erlaubte, eine Bemerkung zu machen.

Ich beobachtete Elisabetta, so, wie ich sie jetzt in der Kirche sah, war sie immer gewesen – die einfache, strahlende, sonnige Elisabetta –, und ich erinnerte mich an unsere erste Begegnung fast dreißig Jahre zuvor. In jenem Sommer war Elisabetta in die Toskana gekommen, um eine Kapelle in der Nähe des Hauses meiner Eltern zu restaurieren. Eines Abends aßen wir gemeinsam mit einer Gruppe von Freunden zu Abend. Elisabetta erzählte uns, dass sie gerade erst ihr Kunstgeschichtsstudium abgeschlossen habe und dies ihre erste berufliche Station sei. Neugierig darauf, mehr über ihre Arbeit zu erfahren, fragte ich sie, ob ich sie einmal besuchen dürfe, und sie sagte mir, welchen Bus ich nehmen musste, um zu ihr zu kommen. Es war eine romanische Kapelle, eine halbe Ruine im pisanischen Stil, die abgeschieden an einer Straße lag. Als ich mich bei meinem ersten Besuch ins Innere gewagt hatte und plötzlich von der strahlenden Sonne der toskanischen Landschaft in den kühlen Schatten ihrer Kapelle trat, fand ich Elisabetta auf einem Gerüst anderthalb Meter über dem Boden liegend. Sie trug einen mit Farbspuren verschmierten Arbeitskittel und eine hochgeklappte Stirnlupe. Sie stieg vom Gerüst herunter, um mich zu begrüßen, und ich bemerkte, dass sie um ihren Hals ein goldenes Kettchen mit einem winzigen Taufmedaillon trug. Auch am nächsten Tag kam ich sie besuchen, und noch mehrere Male in der folgenden Woche, Elisabetta hatte sich an meine Besuche gewöhnt. Ich blieb unten auf dem Boden, auf einem Stein in einer Ecke der Kapelle sitzen und beobachtete sie schweigend. Wir haben nicht viel geredet. Es gab lange Momente der Stille, in denen sie auf dem Gerüst kniend an ihrem Fresko arbeitete, vorsichtig die Farbschicht mit der Spitze eines Skalpells abkratzte und manchmal ihre Stirnlupe über die Augen klappte, um ein Detail zu untersuchen. Ich begnügte mich damit, ihr zuzuschauen, ich tat nichts anderes, als mich in sie zu verlieben, meine Seele war erfüllt von ihrer schönen und friedlichen Gegenwart an meiner Seite. Ich liebte Elisabetta auf den ersten Blick, es lag etwas in ihrem Lachen, im Funkeln ihrer Augen, in ihrer Art, mich lächelnd anzuschauen, was mir das Gefühl gab, vom Himmel gesegnet zu sein. Aber ich wusste nicht, wie ich es ihr gestehen sollte. Wenn Elisabetta über ihr Fresko gebeugt war, machte es ihr Freude, mit mir über ihre Arbeit zu sprechen, und sie erklärte mir, dass man sich der Bildschicht immer auf eine sehr vorsichtige, sehr sanfte, sehr zarte Weise nähern müsse. Es ist wie in der Liebe, sagte sie und wandte sich lachend zu mir um. Manchmal kam sie vom Gerüst herunter, um mit etwas Abstand zu betrachten, was sie gerade gemacht hatte. Sie blieb einen Moment vor dem aufgebockten Tisch stehen, einer schlichten Holzplatte, die sie in einer Ecke der Kapelle aufgestellt hatte und auf dem sich ein Sammelsurium an Blechwannen, Spateln, Skalpellen und Pinseln befand. Dann stieg sie mit der

Palette in der Hand wieder auf das Gerüst und setzte ihre Arbeit fort, trug mit großer Präzision auf das Fresko eine winzige Retusche mit der Spitze ihres Pinsels auf. So sehr sie im Leben manchmal launisch war, so sehr war sie bei ihrer Arbeit fleißig und genau. Und eines Tages, als sie von ihrem Gerüst herunterstieg, stand ich auf und ging zu ihr. Wir standen uns in der Mitte der Kapelle gegenüber, unsere Körper berührten sich fast, Elisabetta nahm meinen Arm und zog mich bis zu dem aufgebockten Stelltisch. Ich war verwirrt von diesem ersten Körperkontakt zwischen uns, der mich bezauberte, aber ich wusste nicht, wie es weitergehen würde. Ich hätte gerne ihre Hand genommen, traute mich aber nicht, überhaupt etwas zu tun, und als sie wieder auf ihr Gerüst stieg, setzte ich mich wieder auf meinen Platz. Alles war an diesem Tag wie an den anderen Tagen, und ich brach auf, um meinen Bus zu nehmen. Um ein Haar wäre überhaupt nichts jemals zwischen uns passiert. Aber es wurde dennoch der Tag, an dem wir uns zum ersten Mal küssen sollten. Wenn ich später an diesen Nachmittag zurückdachte, habe ich mir immer vorgestellt, dass Alessandro damals Zeuge dieser Szene gewesen war und uns, wie ein Engelchen auf eine Wolke gelehnt, vom Himmel aus beobachtet und sich angesichts des unsicheren Ausgangs des Schauspiels die bange Frage gestellt hat, ob er in den kommenden Jahren geboren werden würde oder nicht. Wie einer der geflügelten Cherubim von Raffael, die mit nacktem Oberkörper und pausbäckig am Fuß der Sixtinischen Madonna sich über eine himmlische Balustrade beugen, so stellte ich mir Alessandro vor, wie er über uns aufmerksam die verschiedenen Etappen meines Theaters verfolgte, das ich um seine zukünftige Mutter machte. Zweifellos musste Alessandro gedacht haben, dass das ein ziemlich schlechter Start war, als er mich die Kapelle verlassen und auf der Straße davongehen sah, damit ich noch den Bus erwischte. Ich fragte mich übrigens später selbst, was eigentlich passiert wäre, wenn ich an diesem Tag nicht den Bus verpasst hätte. Oft sind es winzige, nicht wirklich bedeutende Momente, die unser Leben entscheiden – eine Wahl, eine plötzliche Eingebung, ein Zufall, eine Verspätung, Momente, von denen wir dann, wenn wir sie erleben, in den seltensten Fällen erfassen, was für uns auf dem Spiel steht. Ein Nichts, und doch kann dieses Nichts in diesem einen Moment unserem Schicksal eine neue Wendung geben. Ich hatte den Bus verpasst und kam also wieder zurück zur Kapelle. Als ich wieder durch die Tür eintrat, blickte mir Elisabetta von oben auf ihrem Gerüst entgegen. Du bist zurückgekommen, sagte sie lächelnd, als hätte sie nie an meiner Rückkehr gezweifelt, als hätte sie immer gewusst, dass ich zurückkommen würde, und sie streckte mir von oben ihre Hand entgegen. Ich stieg auf das Gerüst, kletterte vorsichtig die Konstruktion aus Stahlrohr hoch und näherte mich ihr auf dem schmalen Steg. Es lag etwas Ernstes in ihrem Blick. Ich nahm vorsichtig ihre Hand, und wir tauschten dort auf diesem Gerüst unseren ersten Kuss aus, anderthalb Meter über dem Boden, mit keinen anderen Zeugen als den Vögeln des bruchstückhaften heiligen Franziskus, in den blassen und verwaschenen Farben des Freskos, das sie gerade restaurierte.

Der Sarg meines Vaters wurde nun in die Kirche der Abtei von La Cambre gebracht. Er wurde auf den Schultern von vier Mitarbeitern des Bestattungsinstituts getragen, die langsam durch das Kirchenschiff schritten. Ich stand schweigend in der ersten Reihe der Kirche, zwischen meiner Mutter und Alessandro, neben ihm standen die Zwillinge, reglos und mit gesenktem Kopf. Elisabetta hatte hinter Alessandro in der zweiten Reihe Platz genommen, und ich spürte ihre schützende Gegenwart in meinem Rücken. Die Mitarbeiter des Bestattungsinstituts setzten den Sarg vor dem Altar ab. Ich wusste, dass mein Vater darin war, aber dieser Gedanke war mir unerträglich, und ich zog es vor, ihn mir aus dem Kopf zu schlagen, um von jetzt an bis in alle Zukunft die Erinnerung an meinen Vater lebendig, immateriell und unverändert in meinem Gedächtnis zu bewahren. Ich sah auf den Sarg meines Vaters, der auf einem Katafalk stand, und konnte meinen Blick nicht davon abwenden, ich sah ihn mit schmerzlicher Starre an. Für die Lebenden sind

Särge wie Spiegel. Mein Vater war gestorben, aber ich war dabei, mein eigenes Leben vor mir zu sehen, mit einem Blick ins Leere. Von Zeit zu Zeit spürte ich Elisabettas Hand auf meiner Schulter, sie drückte mein Schlüsselbein, um einem bewegenden Moment der Feier Ausdruck zu verleihen, und diese warme Hand auf meiner Schulter, diese liebevolle Berührung, waren ein großer Trost für mich. Mit meinen Augen immer noch auf den Sarg meines Vaters gerichtet, musste ich daran denken, dass Elisabetta heute bei der Beerdigung meines Vaters an meiner Seite war und nicht Diane. Mein Gefühlsleben wäre wahrscheinlich nicht so kompliziert und zerfahren verlaufen, wenn Elisabetta und ich uns nicht schon bei der ersten Schwierigkeit, auf die wir stießen, getrennt hätten. Vielleicht hätte ich größere Anstrengungen unternehmen und versuchen sollen, unsere Liebe zu retten, um des Risikos willen, mit Elisabetta eine lang anhaltende Beziehung einzugehen, die Beziehung eines ganzen Lebens, eine lebenslange Liebe mit allen Höhen und Tiefen, mit Stürmen und Streitigkeiten (und in diesem Punkt konnte ich auf Elisabetta vertrauen), nur hätte ich dafür diesen Ehrgeiz für unsere Beziehung haben können oder müssen, anstatt schon beim ersten Zwischenfall, bei der ersten Untreue, den Weg des geringsten Widerstands zu nehmen und uns zu trennen, kampflos aufzugeben.

Mein Vater war tot. Ich sagte es mir mit diesen Worten »mein Vater ist tot«, und ich dachte daran, dass zumindest die Unruhe, die ihn sein ganzes Leben lang begleitet hatte, jetzt mit ihm verschwunden war. Ich kannte diese Unruhe, ich kannte sie nur zu gut, diese fordernde Unruhe, diese fundamentale, brennende, pedantische Unruhe, diese perfektionistische Unruhe, die er an mich vererbt hatte und die ohne Zweifel auch erst mit meinem Tod verschwinden würde. Mein Vater war immer ein unruhiger Mensch gewesen, der oft auf eine irrationale Weise ängstlich, aber kein Pessimist war. Ich sehe einen großen Unterschied zwischen den beiden Begriffen, denn wenn Pessimismus eine Lebenseinstellung ist, dann hat die Unruhe mit dem Tod zu tun. Sowohl im Privatleben als auch in öffentlichen Angelegenheiten suchte mein Vater immer die positive Seite der Dinge. Selbst in scheinbar schwierigsten Situationen machte sich seine unvergleichliche intellektuelle Maschine auf die Suche nach Gründen, hoffen zu können. In den letzten Monaten seines Lebens aber hatten sich vor seinen Augen die Katastrophen multipliziert. Der Terrorismus hatte das Herz Europas getroffen, in Städten, die ihm lieb und teuer waren. Am Tag der Attentate in Brüssel muss er hinter den Fenstern des Wohnzimmers der Rue Émile Duray den düsteren Widerhall der Krankenwagen gehört haben, die in Richtung der Metrostation Maelbeek unterwegs waren. Dann kam es Schlag auf Schlag, ein Gnadenstoß nach dem anderen, der Brexit und die Wahl von Trump. In den letzten Monaten seines Lebens wurde vor seinen Augen ein neues Kapitel aufgeschlagen, Maßlosigkeit, Verleumdungen und Lüge hatten sich in der Öffentlichkeit breitgemacht, und der Respekt vor den Fakten hatte nicht mehr den unantastbaren Charakter, den er in der Vergangenheit immer gehabt hatte. Er wurde Zeuge des Anbruchs einer neuen Ära, in der das Gefühl oder dessen Karikatur – denn wahre Gefühle sind intim und verschwiegen – über die Vernunft siegt. Mein Vater, ohnehin schon sehr geschwächt, krank und niedergeschlagen, erholte sich nicht mehr davon, aber ich bin überzeugt, dass er trotz der Havarie, die er kommen sah, immer noch insgeheim eine Hoffnung in sich getragen und sich geweigert hatte, das europäische Ideal, das er sein ganzes Leben lang verteidigt hatte, wie ein Kartenhaus einstürzen zu sehen.

Der Tod eines Menschen fällt manchmal mit dem Ende einer Epoche zusammen. Stefan Zweig starb in einem der schlimmsten Momente der Geschichte, als der Himmel in Europa geschwärzt und der Horizont, so weit das Auge reichte, verfinstert war. Als unmittelbarer Zeitzeuge des wildesten Triumphs der Brutalität, den die Welt je gesehen hatte, erlebte Zweig das gewaltsame Eindringen der Realität der Außenwelt in sein privates Universum, wie es nur wenige Intellektuelle vor ihm erfahren hatten. Er sah, wie seine Welt, die Welt, die ihm vertraut war, eine Welt der Vernunft, der Kunst, der feinen Sitten und der Kultur, buchstäblich vor seinen Augen wegbrach, während der Humanismus, auf dem all seine Werte sich gründeten, vom Nationalsozialismus hinweggefegt wurde. Auch wenn es weniger tragische Ereignisse waren, mit denen mein Vater in den letzten Jahren seines Lebens konfrontiert war, sah ich persönlich eine Parallele zwischen seinem Tod und dem Tod Zweigs. Ihr Tod fiel jeweils genau mit dem Tiefpunkt eines Wellentals der Geschichte zusammen, an dem die erhoffte Morgendämmerung nach langer Nacht, von der Zweig in seinem letzten Brief spricht, noch nicht gekommen war. Man könnte sagen, Zweig und mein Vater sind zur rechten Zeit gestorben, in dem Sinne, dass sie sich aus der Katastrophe verabschiedeten und das Desaster, das fortdauerte, nicht mehr erlebten. Aber durch meine berufliche Praxis, durch meine Vertrautheit mit der Zukunft, weiß ich, dass Wellen, die einmal so tief gesunken sind, nur wieder steigen können. Die Geschichte ist wie das Meer ein ewiger Wiederbeginn, eine unendliche Wiederkehr von Wellen, die aufeinanderfolgen. Tatsächlich erschienen nach Zweigs Tod die ersten Schimmer der erhofften Morgendämmerung am Horizont. Die Gegenoffensive der Alliierten in Nordafrika und der Sieg bei Stalingrad sollten die ersten Vorzeichen einer Wende im Verlauf des Zweiten Weltkriegs sein. Ich erinnerte mich daran, dass mein Vater kurz vor seinem Tod, als ich ihn eines Tages in der Avenue Émile Duray besuchte und wir in seinem Arbeitszimmer saßen und uns unterhielten (es war Ende November, und es war zweifellos das letzte Mal, dass ich mit ihm über aktuelle Tagesereignisse gesprochen habe), aufstand und das Zimmer durchquerte, um einen Presseausschnitt von seinem Schreibtisch zu holen. Im Stehen las er mir mit lauter Stimme vor: »Die Auflösung der Europäischen Union steht kurz bevor.« Er lächelte. Weißt du, wer das gesagt hat?, sagte er mit einem Schimmer amüsierter Komplizenschaft in seinen Augen. Trump war das. Angewidert legte er den Presseausschnitt auf seinen Schreibtisch zurück und machte eine Geste mit dem Arm, wie um zu sagen: »Nun, was spielt es für eine Rolle, was dieser ungebildete Schurke denkt?« Hör dir lieber das hier an, sagte er und nahm ein anderes Papier, ein Blatt aus einem Notizbuch mit karierten Seiten, auf das, wie ich gerührt feststellte, er selbst ein Zitat von Hand geschrieben hatte. Natürlich ist das hier auf einem anderen Niveau, es stammt von Victor Hugo: »Ja, weil Amerika, o weh! die schaurige Bewahrerin der Knechtschaft, sich der Nacht zuneigt, Europa wieder aufleben wird!«

Mein Vater war zu Grabe getragen, es war vorbei.

Ich saß reglos in einem Sessel im Wohnzimmer der Avenue Émile Duray. Eine Schirmlampe auf einem kleinen runden Tisch neben mir war eingeschaltet. Ich wusste nicht, wie spät es sein konnte, ich hatte jedes Zeitgefühl verloren. Draußen war es dunkel, und die letzten Gäste, die noch im Haus meiner Eltern waren, verabschiedeten sich von meiner Mutter. Auch ich holte mir meinen Mantel und ging zu meiner Mutter, um ihr einen Kuss zu geben und zu sagen, dass ich den Abend mit Elisabetta verbringen würde, die nur zwei Tage in Brüssel war. Ich wollte sie und Alessandro in die Stadt zum Abendessen einladen. Ein Taxi holte uns in der Avenue Émile Duray ab, und ich half Elisabetta, ihre Reisetasche in den Kofferraum zu verstauen, eine elegante Tasche aus blauem Leder, die plötzlich schwer geworden war, als Folge irgendeines Handels, den sie mit Alessandro angestellt hatte. Wenn ich es richtig verstanden habe, hatte sie ihre sechs Bände einer Kunstgeschichte in italienischer Sprache wieder an sich genommen, die sie ihm für sein Studium in La Cambre geliehen hatte, und sie hatte also an diesem Abend nichts Dringenderes im Sinn gehabt, als sie heute zurückzubekommen, um sie nach Rom heimzuschaffen. Das Taxi setzte uns an der Place du Sablon ab. Ich ging die Straße in Richtung des Restaurants, nahm meine Krawatte ab, faltete sie sorgfältig zusammen und steckte sie in meine Tasche. Ohne Krawatte siehst du immer noch besser aus, sagte Elisabetta und hakte sich bei mir unter. Ich mag dich nicht mit Krawatte, fügte sie hinzu, du siehst aus wie ein – und sie suchte nach dem Wort. Wie ein Eurokrat, sagte Alessandro lachend und zwinkerte seiner Mutter zu, er machte sich auf liebenswerte Weise über mich lustig. *Ma si, è vero!*, sagte Elisabetta ebenfalls lachend. Jetzt werdet nicht populistisch, bitte, sagte ich mit einem spöttischen Lächeln. Auch wenn die Umstände heute Abend für uns schmerzvoll waren, waren wir glücklich, wieder zusammen zu sein, denn wir drei hatten schon lange nicht mehr die Gelegenheit gehabt, gemeinsam im Restaurant zu Abend zu essen. Nach dem Besuch einer Kunstschule in Rom hatte Alessandro in Brüssel einen Master-Abschluss in Typografie absolviert. Nach seinem Studium in La Cambre hatte er sich weiterhin mit Typografie beschäftigt, und er lebte nun von seinen Produktionen, erschuf eigene Schrifttypen und für eine Schweizer Gießerei komplettierte er gerade neu entstandene Fonts, deren gesamten Satz er bearbeitete und die komplette Familie, von *ultra bold* bis *extra light*, zeichnete. Er arbeitete an einem Computer mit Design-Software, um 3D-Schriften zu konzipieren, deren Gebrauch ihm zufolge in den kommenden Jahren exponentiell wachsen würde.

Nach dem Abendessen ließ uns Alessandro an der Place du Sablon allein, seine Mutter und mich. Er wollte sich mit einigen Freunden in einem Café in der Nähe der

Börse treffen. Ich begleitete Elisabetta zurück in ihr Hotel. Sie war müde, sie war am Morgen um sechs Uhr in Rom aufgestanden, um das Flugzeug zu nehmen. Sie hatte im Restaurant Wein getrunken, und ich spürte, dass sie in einer melancholischen Stimmung war, im Taxi hatte sie ihren Kopf auf meine Schulter gelehnt. Am Hotel angekommen, bezahlte ich das Taxi und begleitete sie zur Rezeption. Ich trug die Reisetasche mit den sechs Bänden Kunstgeschichte auf Italienisch. Elisabetta erledigte die Formalitäten und erhielt ihren Schlüssel von der Empfangsdame. Ich wollte gerade aufbrechen, als Elisabetta ihre Reisetasche anhob und sie gleich wieder auf dem Boden abstellte. Kannst du mir helfen und sie mir aufs Zimmer bringen?, sagte sie und schenkte mir ein entwaffnendes Lächeln, dem man nichts verweigern konnte. Wir fuhren mit dem Aufzug in den dritten Stock. Elisabetta ging voraus, und ich folgte ihr, stellte die Reisetasche auf das Bett, während sie zur Zimmertür ging, um sie zu schließen. Im Allgemeinen fühle ich mich in der Gesellschaft von Elisabetta nie unwohl, ihre Gegenwart war für mich immer leicht und angenehm. Aber manchmal tat ich mich doch schwer, ihre Gesten zu deuten, sie waren nie klar bestimmt, blieben immer in einer diffusen und zweideutigen Schattenzone. Sie blickte mich an, ich wusste nicht, was in ihrem Kopf vorging. Sie schien erschöpft, aber gleichzeitig hatte ich das Gefühl, dass sie nicht wollte, dass ich ginge. Wir standen uns in ihrem Hotelzimmer gegenüber. Du weißt, das mit deinem Vater, sagte sie leise und beendete ihren Satz nicht. Elisabetta beendete oft ihre Sätze nicht, sie ließ die Situation in der Luft hängen, was bei Leuten, die sie nicht kannten, Unbehagen oder auch Erwartungen weckte. Ich weiß, was du fühlst, sagte sie leise und kam auf mich zu. Schweigend umarmte sie mich, und ich erinnerte mich an die Umarmung an diesem Morgen in der Kirche, ich erinnerte mich an mein Verwirrtsein, als sie ihren Körper so eng an meinen drückte, ihren weichen und umhüllenden weiblichen Körper, der mich so sehr beruhigte. Ich war verwirrt und ich drückte mich an sie, suchte Trost an ihrem Körper, ich schmiegte mich eng in ihre Arme und ließ meinen Gefühlen freien Lauf. Auch sie war gerührt, sie hob ihren Kopf zu mir und suchte meine Lippen, und ich weiß nicht, wie es dann kam, alles ging in einer langsameren und wie erstarrten Realität weiter, ich küsste Elisabetta, und ich fühlte eine große geistige Verwirrung, in meinem Kopf vermischten sich die Gefühle von Trauer und Liebe. Ich küsste Elisabetta, und ein völlig unbekanntes Gefühl überwältigte mich, als wäre es das erste Mal, dass ich sie küsste, oder als küsste ich zum ersten Mal eine unbekannte Frau in einem Hotelzimmer, aber gleichzeitig stieg mein ganzes Leben von weit her vor mir auf. Es war die Vergangenheit, die mit diesem Kuss wieder zutage trat, es war unsere Liebesgeschichte, die dabei war, auf unseren Lippen wieder zum Leben zu erwachen. Wir legten uns aufs Bett, blieben weiter umarmt. Ich hatte die Augen geschlossen, und ich weiß nicht, was dann geschah, denn ich war immer noch im Begriff zu gehen, ich war immer noch bereit, dabei, dieses Zimmer zu verlassen. Ich hatte meinen Mantel noch an, hatte keinen Augenblick lang daran gedacht, in diesem Zimmer zu bleiben – unsere ganze Umarmung lang war ich am Gehen –, aber mich hatte ein Schwindel erfasst, ich hatte Elisabettas Mantel einen Spaltbreit geöffnet, und da war etwas Unausweichliches in der Abfolge unserer Gesten, wir pressten uns aneinander, stießen die Reisetasche zur Seite, die uns auf dem Bett störte. Ich wusste nicht, was ich tat, ich berührte ihren Körper, sie legte ihre Hände um meinen Nacken, auf meine Schulter, ich wusste nicht, was passierte, und ich wusste nicht, wie es aufhörte, aber es hörte auf, wir hörten auf, uns zu küssen und zu umarmen, wir sahen uns an, lagen still auf der Bettüberdecke, ohne uns zu bewegen, und ich hatte das Gefühl, dass wir uns beide gerade unendlich schämten und im gleichen Moment unendlich besänftigt waren. Was wir soeben in diesem Hotelzimmer erlebt hatten, war etwas Unaussprechliches. Jeder Versuch der Erklärung hieße, es kleinzureden und die absolut einzigartige Erfahrung, die wir gerade gemacht hatten, zu zerstören. Es gibt Dinge, die nicht gesagt werden können, weil sie dadurch aus dem Bezug der Wärme und des Lebens geschleudert würden, in dem sie sich ereignet haben. In Grunde hatten wir nichts getan, aber dieses Nichts hatte eine unbeschreibliche Wirkung auf mich, und diese flüchtige Verbindung unserer Körper an diesem Abend in diesem Hotelzimmer, auch wenn wir sie sehr schnell unterbrochen hatten, auch wenn nichts passiert war, war eine der bewegendsten Umarmungen meines Lebens. Danke, dass du nach Brüssel gekommen bist, sagte ich. Ich werde immer da sein, sagte sie, ich werde immer für dich da sein.

Ich verließ das Hotel und ging zu Fuß nach Hause. Man geht höchstens eine Viertelstunde. Noch betäubt von dem, was ich gerade mit Elisabetta erlebt hatte, ging ich durch die menschenleeren Straßen Brüssels. Ich kannte den Weg gut, ich war ihn schon oft gegangen, wenn ich vom Berlaymont zurückkam. Ich lief an den Teichen von Ixelles vorbei und wollte über die Avenue Louise zur Place du Châtelain, als ich in dem Moment, als ich in die Rue de Belle-Vue einbog, sah, dass in Dianes Wohnung immer noch Licht brannte. Ich verlangsamte meine Schritte und beobachtete das Gebäude. Aus Angst, ungeschützt, wie ich war, entdeckt zu werden, überquerte ich den Vorplatz und bezog auf der anderen Straßenseite Stellung, etwa fünfzig Meter vom Gebäude entfernt. Ich lehnte mich an das Gitter eines Hauses, wo ich nicht gesehen werden konnte. Ich beobachtete aufmerksam das Fenster im dritten Stock, als ich eine Gestalt erkannte, die sich im Wohnzimmer bewegte, und ich war sofort überzeugt, dass es nur Diane sein konnte. Aber was hatte Diane an diesem Abend in der Wohnung verloren? Hatte sie nicht bereits gestern das Flugzeug genommen, wie sie mir erklärt hatte? Hatte sie mir nicht gestern Nachmittag, als ich die Zwillinge abholen kam, ihr Flugticket gezeigt? War sie schon wieder zurück? Sie hätte auf keinen Fall wieder zurück sein können, wenn sie gestern Abend geflogen war, sie hätte den Hin- und Rückflug nicht innerhalb von vierundzwanzig Stunden schaffen können. Also war sie gar nicht weggefahren. Nur warum hatte sie mir dann so nachdrücklich ihr Flugticket gezeigt? Ich wollte es genau wissen. Ich zog mein Telefon aus der Tasche und wählte Dianes Nummer. Gleichzeitig hielt ich meine Augen auf das Fenster im dritten Stock gerichtet. Ich wartete mit dem Telefon am Ohr. Es klingelte ins Leere, und Diane antwortete nicht, aber plötzlich war ich überzeugt, dass sie das Klingeln hörte, das Telefon musste im Wohnzimmer klingeln oder in ihrer Handtasche vibrieren, ich erahnte aus der Entfernung Dianes verschwommene Silhouette hinter dem Fenster. Sie hatte sich ihr Telefon geschnappt und konnte auf der Anzeige sehen, dass ich es war, der anrief, und da sie nicht antwortete, muss sie sich am Telefon, das weiter in ihrer Hand klingelte, die Finger verbrannt haben. Ich konnte sehen, wie sich der Schatten unentschlossen und nervös im Fensterrahmen bewegte, und ich ahnte, wie viel Aufregung und Verärgerung Diane empfunden haben musste, als ihr klar wurde, dass ich sie jetzt, nach zweiundzwanzig Uhr abends, anrief. Aber Diane antwortete nicht. Sie hatte sich ans Fenster gestellt, und ich sah, wie sie in die Nacht hinausschaute. Ich steckte mein Telefon weg und überquerte ohne ein Zögern die Straße in Richtung des Gebäudes. Ich versteckte mich jetzt nicht mehr, ich überquerte den offenen Vorplatz, und es war mir egal, ob Diane mich jetzt sah, es spielte keine Rolle, ob sie mich hier unten plötzlich erkannte, mich, der mit entschlossenen Schritten auf sie zusteuerte, denn ich ging zu ihr, und ob sie es wollte oder nicht, würde ich mit ihr reden, ich würde sie über die Gegensprechanlage anrufen, und, ob sie mir öffnen würde oder nicht, trotzdem in die Wohnung hinaufgehen, um mit ihr zu reden. Ich brauchte eine Erklärung. Ich wusste sehr wohl, dass sie fähig wäre, mir bei meinem Klingeln nicht zu antworten, sich totzustellen, die Tür nicht zu öffnen, weiter die Straße hinter dem Vorhang zu beobachten und darauf zu warten, dass ich wieder abhaute, aber wie auch immer, ich würde zu ihr hinaufgehen und mit ihr reden. Sie konnte mich nicht daran hindern, denn ich hatte den Schlüssel.

Ich ging durch den kleinen Vorgarten und trat in die Dunkelheit der Halle. Ich ging zum Klingelbrett und klingelte bei Diane. Ich wartete. Würde sie antworten?

Müsste ich mir den Zugang erzwingen? Wenn sie mir nicht antwortete, würde ich hineingehen, würde meinen Schlüssel benutzen wie am Vorabend und in die Wohnung gehen. Ich hörte ein knisterndes Geräusch in der Gegensprechanlage, dann Dianes Stimme, die »Ja« sagte, und es war dasselbe »Ja«, genau dasselbe »Ja«, das sie erst vor ein paar Wochen am Telefon zu mir gesagt hatte, als ich sie vor meiner Abreise nach Asien angerufen hatte, um die Betreuung der Kinder zu regeln, dieses hochmütige »Ja«, das einem das Gefühl gab, man würde stören, bevor man überhaupt Zeit gehabt hätte, auch nur ein Wort zu sagen. Ich bin's, sagte ich. Sie fragte mich, was ich wolle. Ich muss mit dir reden, sagte ich. Sie antwortete nicht sofort. Wahrscheinlich war sie unschlüssig. Mit Sicherheit hatte sie keine Lust, an diesem Abend mit mir zu reden, wusste aber nicht, unter welchem Vorwand sie mich abweisen konnte. Schließlich sagte sie mir, es sei spät, und fragte, ob ich morgen wiederkommen könne. Nein, jetzt, sagte ich. Ich sagte es mit Nachdruck, und ich spürte, dass sie zögerte. Sie wurde weich, ich durfte jetzt nicht nachgeben und holte meine Familienbuchgeschichte heraus, sagte ihr, dass ich unser Familienbuch bräuchte, dass ich wegen Papierkram im Zusammenhang mit dem Tod meines Vaters darum gebeten worden war. Ich wusste es, sobald ich den Tod meines Vaters ins Spiel brachte, würde es für sie schwierig sein, sich zu weigern, mir die Tür zu öffnen, und ich fügte hinzu, dass ich es morgen früh brauche. Wieder Stille. Sie antwortete nicht, aber nach einem Moment hörte ich das Klicken der Tür, sie hatte mir geöffnet. Ich ging durch die Glastür und holte den Aufzug. Als ich im dritten Stock ankam, schaltete ich das Licht auf dem Flur nicht ein. Ich klingelte und wartete im Dunkeln. Diane öffnete. Sie hielt das Familienbuch in der Hand. Sie reichte es mir sogleich, wahrscheinlich in der Hoffnung, ich würde dann sofort wieder verschwinden. Sie bat mich nicht einzutreten, ihr Gesicht blieb verschlossen. Ich machte einen halben Schritt vorwärts, um nicht im Flur stehen zu bleiben, was sie zwang, etwas zurückzuweichen, aber ich konnte keinen Schritt weitergehen, ohne die Gefahr, sie wegzustoßen, denn sie stand wie festgefroren vor mir, verbarrikadierte mir mit ihrem Körper den Weg. Sie bewegte sich keinen Zentimeter, hielt mich auf der Türschwelle fest. Ich warf einen Blick über ihre Schulter und sah, dass das Licht im Wohnzimmer immer noch brannte. Du weißt, dass heute die Beerdigung meines Vaters war?, sagte ich. Sie sah mich ohne Regung an, mit verschränkten Armen. Ja, sagte sie nach einem Moment. Willst du nicht wissen, wie es war?, sagte ich zu ihr und wusste sehr wohl, dass sie nicht wissen wollte, wie es gewesen war, dass sie nicht wissen wollte, wie es auf der Beerdigung meines Vaters gewesen war, dass sie allein sein wollte und dass sie nur darauf wartete, dass ich wegginge, dass ich endlich abhaute. Aber was sollte sie sagen, sie konnte ja nicht nein sagen, »nein, ich will nicht wissen, wie die Beerdigung deines Vaters gewesen ist«. Sie sagte nichts, also begann ich, ihr von der Beerdigung meines Vaters zu erzählen. Sie hörte mir zu, mit verhärtetem Blick und über der Brust verschränkten Armen. Sie nickte nicht mit dem Kopf, sie stimmte meinen Worten nicht zu. Ihr ganzer Körper war verkrampft, ein einziger Ausdruck der Abweisung. Sie hörte mir nur widerwillig zu, notgedrungen hörte sie mir zu, verzweifelt, aber sie konnte sich mir nicht entziehen, nicht einfach weggehen, sie konnte ihr eigenes Haus nicht verlassen, fand keine Hintertür, sie war auf Gedeih und Verderb gezwungen, mir zuzuhören. Hör auf, sagte sie, hör auf! Sie sagte es hart. Sie hatte sich bis dahin zurückgehalten, aber jetzt platzte es aus ihr heraus, es reichte ihr, sie wollte nichts mehr hören. Also gut, wenn sie schon nichts von der Beerdigung meines Vaters hören wollte, dann kommen wir eben zu dem Punkt, dessentwegen ich gekommen war. Du bist also gestern nicht geflogen?, sagte ich zu ihr und sah sofort, wie sie blass wurde. Ich hatte sie aus der Fassung gebracht, sie war aufs Äußerste gereizt, sie wusste nicht mehr, was sie sagen sollte, sie hatte sich darauf keine Antwort zurechtgelegt, hatte keine Ausrede parat. Sie sah sich außerstande, mir zu erklären, warum sie gestern Abend nicht geflogen war, und warum sie, wenn sie nicht geflogen war, nicht zur Beerdigung meines Vaters gekommen war.

Ich fahre erst morgen, sagte sie. Ah, wie es vorgesehen war, sagte ich, das war so geplant, oder? Erneut sah ich, wie peinlich ihr die Situation war. Sie hatte sich verrannt und schwieg wieder, machte schließlich ein »Ja« mit ihrem Kopf. Tatsächlich verstand ich erst später, was Diane mit ihrem Vorgehen erreichen wollte. Ihr Plan war wirklich ziemlich verzwickt und hintenrum. Sie hatte sich Folgendes eingefädelt: Als ich sie nach meiner Rückkehr aus Japan anrief und ihr die Nachricht vom Tod meines Vaters überbrachte, war für Diane sofort klar, dass sie überhaupt keine Lust hatte, an der Beerdigung teilzunehmen, das war mehr, als sie ertragen konnte, sie wollte mich nicht sehen, sie wollte meine Mutter nicht sehen, sie wollte die ganze Familie nicht sehen. Ihre Skiferien waren schon länger geplant, aber da sie nicht an der Beerdigung meines Vaters teilnehmen wollte, hatte sie sich gesagt, dass sie, um einen Weg zu finden, Brüssel früher zu verlassen, nur ihren Abflug vorverlegen müsste. Und kaum war unser Telefonat beendet, hatte sie sich erkundigt, ob ihr Flugticket umbuchbar sei, aber ihr Ticket war nicht umtauschbar. Sie hatte sich also ein neues Flugticket gekauft und sofort ausgedruckt, und dieses Ticket habe ich dann gesehen, dieses Ticket hat sie mir gezeigt, als ich die Zwillinge abholen kam. Vielleicht hatte sie in diesem Moment sogar noch die Absicht, in dieses frühere Flugzeug zu steigen. Aber aus dem einen oder anderen Grund hatte sie es schließlich nicht genommen, was weiß ich, warum. Und dann begriff ich, dass der Kauf dieses neuen Flugtickets, dieses Tickets, das in nichts eine Täuschung war, eines Tickets, das sie wirklich gekauft hatte und das sie mir vor die Nase hielt als Beweis, dass sie am Tag der Beerdigung meines Vaters nicht in Brüssel sein würde, der Preis war, den sie zahlen musste, um nicht an der Beerdigung meines Vaters teilzunehmen. Mit diesem Flugticket hatte sie den stichhaltigen Beweis erbringen können, dass ihr rein körperlich die Teilnahme an der Beerdigung meines Vaters unmöglich war. Als dann das Ticket seinen Zweck erfüllt hatte, nicht als Mittel zum Transport, sondern als Rechtfertigung, mich wissen zu lassen, dass sie nicht an der Beerdigung meines Vaters teilnehmen konnte, war es nicht mehr von Bedeutung, was sie machen würde, ob sie nun wirklich fliegen würde oder nicht, das war nun nicht mehr die Frage. Das Ticket hatte als Alibi gedient, als Tarnung oder Vorwand, ihre Abwesenheit bei der Beerdigung meines Vaters zu rechtfertigen.

III

Es gibt entscheidende Augenblicke im Leben, gewisse Tage oder Stunden, die nie in Vergessenheit geraten. Stefan Zweig spricht in seinem Buch *Sternstunden der Menschheit* von manchen Sternkonstellationen, durch die an bestimmten Momenten der Geschichte eine große dramatische Konzentration entsteht, die das Schicksal beeinflussen und wo es passieren kann, dass eine wichtige Entscheidung »auf ein einziges Datum, eine einzige Stunde und oft nur eine Minute zusammengedrängt ist«. Der Titel von Zweigs Buch wurde mit *Les Très Riches Heures de l'humanité, Das Stundenbuch der Menschheit* ins Französische übersetzt, was der Idee des *Kairos,* die mit dem deutschen Originaltitel einhergeht, nicht Rechnung trägt. Um den Terminus *Sternstunden* wortwörtlich zu übersetzen, hätte man vielleicht etwas in der Art von »einschneidende Stunden« oder »entscheidende Stunden« suchen müssen, denn es gibt in der Tat in unserem Leben wie in der Weltgeschichte solche entscheidende Stunden, die häufig mit einem öffentlichen Datum zusammenfallen, das jeder kennt, und die mit einem wichtigen äußeren Ereignis verbunden sind, sei es politischer oder historischer Art, glücklich oder unglücklich, Momente, bei denen jeder weiß, wo er damals gewesen war und was er an diesem Tag getan hat, so weit er damals schon gelebt hat – der 21. Juli 1969, als der Mensch zum ersten Mal den Mond betrat, der 11. September 2001, der Tag der Attentate von New York. Aber diese entscheidenden Stunden können auch privater Natur sein, für uns ein aufrührendes persönliches Ereignis bedeuten, das meist mit Sex oder Tod zu tun hat. Diese unauslöschlichen Daten unsere Lebens, diese Daten, die sich für immer in unser Gedächtnis eingeschrieben haben, erhalten dann einen noch stärkeren Nachhall und eine noch außergewöhnlichere Resonanz, wenn sie mit einem großen Ereignis der Geschichte zusammenfallen, wenn, ob zufällig oder zwangsläufig, zwei Ereignisse der Tagesaktualität und unseres Lebens zusammentreffen. Dies war für mich am 18. April 2010 der Fall.

Nach einer Ruhepause von fast zweihundert Jahren brach in der Nacht von Dienstag auf Mittwoch, den 14. April 2010, der isländische Vulkan Eyjafjallajökull aus. Die Eruption schleuderte aus dem Krater eine riesige Wolke aus Dampf und Vulkanasche bis in eine Höhe von elf Kilometern. Die gigantische Rauchwolke konnte vom Weltraum aus mit dem Satelliten Meteosat-9 beobachtet werden, sie war zunächst schwärzlich, weil Eispartikel den Staub ummantelten, und nahm dann einen rötlichen Farbton an, der das Vorhandensein von Vulkanasche verriet. Nun stellt Vulkanasche aber eine große Gefahr für den Flugverkehr dar, zum einen, weil sie die Sichtweite von Flugzeugen reduziert, vor allem aber, weil sie aus winzigen, sehr harten und korrosiven Partikeln aus zerrissenem Gestein zusammengesetzt ist, die, wenn sie von den Turbinen angesaugt werden, Triebwerke beschädigen und sogar zu ihrem Ausfall führen können. Außerdem besteht die Gefahr, dass die mit den Pitot-Sonden verbundenen Instrumente versagen und die Außenhülle des Flugzeugs, Flügel oder Cockpitscheiben, zertrümmert werden. Zwar ist nie ein Flugzeug durch Aschewolken verloren gegangen, aber in der Vergangenheit gab es mehrere ernste Zwischenfälle. 1982 musste eine Boeing 747 der British Airways in Jakarta notlanden, nachdem alle vier Triebwerke ausgefallen waren, und 1989 verzeichnete man in Alaska eine Reihe weiterer schwerer Zwischenfälle. Da die Wetterradargeräte der Flugzeuge nicht in der Lage waren, derart hohe Konzentrationen von Vulkanasche zu messen, wurde in Europa die Entscheidung getroffen, einen Luftraum nach dem anderen zu sperren.

Zu dieser Zeit arbeitete ich in der DG MOVE, der Generaldirektion Mobilität und Verkehr der Europäischen Kommission, und verfolgte Tag für Tag die Krise. Seit dem letzten Donnerstag hatte ich Arbeitstage von bis zu fünfzehn Stunden, ich kam erschöpft aus dem Büro und fand nur ein paar Stunden leichten, unruhigen Schlaf. Ich wachte um sechs Uhr morgens auf, und obwohl ich bereits vor dem Schlafengehen meine E-Mails abgerufen hatte, waren morgens schon wieder neue eingetroffen. Seit nun achtundvierzig Stunden überwachte Eurocontrol rund um die Uhr die Situation. Die Krise für uns in der DG MOVE hatte am 14. April mit der Einstellung des Flugverkehrs im britischen Luftraum so richtig begonnen. Die Aschewolke hatte am nächsten Tag Kontinentaleuropa erreicht, und der französische, belgische, schwedische und norwegische Luftraum wurden ebenfalls gesperrt. Seit Mitte der Woche, als die Flughäfen in London und Frankfurt geschlossen wurden, konnten die meisten Linienflüge in Europa nicht mehr bedient werden. Tausende Flüge wurden gestrichen, Millionen von Reisenden in allen Ecken der Welt saßen fest. Seit ich in der Europäischen Kommission arbeitete, hatte ich noch nie eine Krise dieses Ausmaßes erlebt. Ich kam 2004 zur Kommission, trat in die Generaldirektion Mobilität und Verkehr ein, die damals noch GD Verkehr und Energie hieß. Seit 2009, als die neue Kommission ihr Amt antrat, berichtete ich an das Kabinett von Siim Kallas, dem Vizepräsidenten der Kommission, der auch für den Verkehr zuständig war. Ich koordinierte im Wesentlichen die Beziehungen zwischen den verschiedenen Institutionen. Als die Eyjafjallajökull-Krise ausbrach, waren wir dabei, eine große Informationskampagne über die Rechte der Passagiere zu starten. Der Schutz der Fluggäste sollte der neue Schwerpunkt unserer Politik werden, um den Nachweis zu erbringen, dass Europa konkrete positive Auswirkungen auf das Leben der Bürger hat (falls das jemandem ausnahmsweise entgangen sein sollte). Die Kommission hatte eine Verordnung eingeführt, die die Passagiere im Falle von Verspätungen oder Flugannullierungen schützte, doch plötzlich hatten wir es mit hunderttausend gestrichenen Flügen und Millionen von gestrandeten Passagieren zu tun. Wir konnten gerade noch rechtzeitig die von uns geplante Werbekampagne »Europa zu Ihren Diensten« stoppen, mit ganzseitigen Anzeigen in den Zeitungen zu dem Thema hätten wir ganz schön dumm dagestanden. Aber wie sollte es mit dieser für die Passagiere ja sehr vorteilhaften Verordnung weitergehen? Sollten wir sie beibehalten, mit dem Risiko, bei ihrer Anwendung den gesamten Luftfahrtsektor zu belasten, oder sollten wir sie aufgrund der Umstände aussetzen? Wir hatten es natürlich mit einem Fall von höherer Gewalt zu tun. Aber im Falle höherer Gewalt, wie sie gesetzlich definiert ist, werden die Fluggesellschaften zwar bei Annullierung oder Verspätung von der Verpflichtung, eine

Entschädigung zu zahlen, befreit, sie müssen dennoch die Fluggäste unterbringen und mit Wasser und Mahlzeiten versorgen und eine Lösung finden, wie sie zu ihrem endgültigen Ziel gebracht werden können, was immer noch beträchtliche zusätzliche Kosten bedeutet. Wir führten also eine ernste interne Debatte, die unter Zeitdruck entschieden werden musste. Da nach unserer Auffassung Europa jegliche Glaubwürdigkeit verloren hätte, wenn wir diese Verordnung, die ja zum Schutz der Passagiere ausgearbeitet worden war, nicht auf den Weg bringen würden, entschied sich Siim Kallas, dem Sturm standzuhalten und die Verordnung allen Widrigkeiten zum Trotz durchzuboxen. Die Diskussion wurde am Donnerstagabend entschieden, und noch am selben Abend blieb ich bis ein Uhr morgens mit einem Kollegen im Büro, um das Kommuniqué vorzubereiten, mit dem die Entscheidung des Kommissars bekannt gegeben werden sollte. Noch an diesem Abend hatten wir einen ersten Entwurf des Textes fertiggestellt, den wir an die Büros der anderen Kommissare weiterleiteten, denn alle Entscheidungen der Kommission werden gemeinsam getroffen. Am nächsten Tag fasste ich bei einer Sitzung im Berlaymont unseren Ansatz zusammen, und da es keine Einwände gab, machten wir die Mitteilung, in der der offizielle Standpunkt der Kommission zur Vorgehensweise dargelegt wurde, mit der die Verordnung von 2004 über Fahrgastrechte Anwendung finden sollte, öffentlich.

Am Sonntag, dem 18. April 2010, verließ ich die Wohnung in der Rue de Belle-Vue kurz vor neun Uhr, Diane und die Zwillinge schliefen noch. Ich hatte meinen Laptop dabei, weil ich seit Beginn der Krise neben den vielen Dringlichkeitssitzungen, an denen ich teilgenommen habe, für die Ausarbeitung des Mandats zuständig war. Das Mandat, das den Standpunkt des Kommissars (und der Kommission als Ganzes, sobald es beurkundet ist) festlegt, hat die Form eines schriftlichen Dokuments, des sogenannten GRI-Blatts, ein Akronym der Global Reporting Initiative. Das GRI-Blatt ist ein ausschließlich internes Dokument, das immer gleich aufgebaut ist und aus drei Abschnitten besteht (Art des Problems, Entwicklung, zu verfolgende Richtlinien). Es ist ein Dokument, das ständig fortgeschrieben wird. Zwischen Donnerstagnachmittag und Samstagabend war es Dutzende Male diskutiert und verbessert worden, virtuell, durch E-Mail-Verkehr zwischen den verschiedenen technischen Diensten der Kommission. Ich war verantwortlich für die Fortschreibung dieses GRI-Blattes, ich war derjenige, der es auf meinem Laptop in Echtzeit in Abhängigkeit von der Entwicklung der Krise und möglicher Änderungen der Position der Mitgliedstaaten modifiziert und berichtigt hat.

Als ich an diesem Tag in mein Büro in der Rue Demot kam, passierte ich die Sicherheitskontrollen und fuhr mit dem Aufzug in den achten Stock. In den Gängen herrschte die träge Stimmung eines Sonntagmorgen, viele der Türen waren verschlossen. Ich kam an der Flucht leerer Arbeitstische vorbei, die hintereinander aufgereiht und durch Zwischenwände getrennt waren. Die Sitzung fand in einem unpersönlichen Raum statt, mit einem großen ovalen Tisch, ein paar grünen Pflanzen und einer Europaflagge, die schlaff und beleidigt neben einer Flipchart hing. Anwesend waren Manfred Hübner, unser Generaldirektor, Miguel Cordoba, der Generaldirektor für Luftverkehr, und drei Hausexperten, einer für Umweltfragen, der andere für den einheitlichen Luftraum und ein letzter, der über Skype zugeschaltet werden sollte. Die Skype-Verbindung jedoch wurde so schlecht, dass sie nach einer kurzen Begrüßung durch die, die ihn kannten, abbrach und nichts mehr von ihm zu sehen oder zu hören war. Er war sogar im typischen Skype-Ton verschwunden (ein Gurgeln, und dann nichts mehr, der Kopf des Experten für Passagierrechte war verschwunden, als ob er in den digitalen Abfluss der Software gesaugt worden wäre). Er war übrigens nicht der Einzige, der an diesem Tag abwesend war. Viele Kommissionskollegen, die zu Beginn der Krise auf Auslandsmissionen waren, hatten nicht nach Brüssel zurückkehren können. Allein in der GD MOVE, die immerhin in allererster Linie betroffen war, blieben mehrere Stühle unbesetzt. Manche waren zu spät oder gar nicht zu den Krisensitzungen gekommen, von denen eine die andere jagte, man sah sie mit ihren Koffern im Morgengrauen im Büro aufkreuzen, nach einer Fahrt im Nachtbus aus Budapest oder Lissabon, unrasiert, mit einem Becher heißen Kaffee in der Hand. Aber die anderen, die in den Vereinigten Staaten gestrandet waren oder in Asien festsaßen, konnten es nicht mehr zu den Terminen nach Brüssel schaffen, wie unser für die Luftsicherheit zuständige Referatsleiter, der in Philadelphia stecken geblieben war, wo er an einem Kolloquium teilgenommen hatte. Die Krise traf uns alle. Jeder hatte mindestens einen Freund oder Bekannten, wenn nicht sogar einen Verwandten, der von den Annullierungen der Flüge persönlich betroffen war. Es war das erste Mal, dass wir uns mit einem Thema beschäftigten, das uns so konkret betraf. Auch ich selbst wurde nicht verschont, Elisabetta und Alessandro waren in den Vereinigten Staaten. Sie hatten sich eine amerikanische Universität angeschaut, wo Alessandro ein Semester verbringen sollte, und saßen seit zwei Tagen in Los Angeles fest.

Manfred Hübner, unser Generaldirektor, eröffnete die Sitzung, indem er uns daran erinnerte, dass wir gegenwärtig Zeuge der bislang schlimmsten Lähmung des Luftverkehrs in Europa seien. Nach den neuesten ihm zur Verfügung stehenden Informationen hätten dreiundzwanzig Länder ihren Luftraum gesperrt. Der Druck der

Fluggesellschaften auf die Kommission wüchse von Stunde zu Stunde, bereits am Montagmorgen die Flugrouten wieder zu öffnen. Die Fluggesellschaften würden enorme Verluste machen, von einer Größenordnung von 150 Millionen Euro pro Tag sei die Rede, und es gebe Stimmen in der Luftfahrtindustrie, die das Chaos anprangerten, das Europa – Europa, immer sei es Europa – durch die übertriebene Durchführung der Vorsichtsmaßnahmen anrichten würde. Aber sei es vernünftig, den Luftraum schon am kommenden Morgen wieder zu öffnen? Er wisse es einfach nicht, sagte Manfred Hübner, und ohnehin würde es nicht in unserer Verantwortung liegen, sondern sei die Entscheidung der Generaldirektionen der zivilen Luftfahrt jedes einzelnen Landes. Jedem seine eigenen heißen Akten, jedem seine eigene Vulkanasche. Unsere Aufgabe beschränke sich darauf, weiterhin zuverlässige Informationen von den betroffenen Industriezweigen zu sammeln, von den Herstellern von Triebwerken (Rolls-Royce, General Electric, Pratt & Whitney), Flugzeugherstellern, Fluggesellschaften und natürlich vom VAAC, dem *Volcanic Ash Advisory Center*, dem meteorologischen Observatorium, das beauftragt sei, alle Informationen über die Vulkanasche zusammenzutragen. Nach letzten Informationen seien immer noch drei Viertel Europas von der Aschewolke betroffen, und es gebe keinen Hinweis darauf, dass sich die Tätigkeit des Eyjafjallajökull in den kommenden Tagen signifikant abschwächen würde. Gegenwärtig sei es unmöglich, die Dauer des Ausbruchs einzugrenzen, sie könne von einigen Tagen bis zu einem Jahr reichen. Das Wort wurde dann dem Generaldirektor für Luftverkehr, Miguel Cordoba, erteilt. Er sprach mit Entschlossenheit, sein Englisch hatte einen kaum wahrnehmbaren kastilischen Akzent. In Wirklichkeit seien wir in Europa angesichts einer solchen Situation völlig machtlos, sagte er. Aber es gebe einige Länder, die wie Indonesien schon sehr häufig mit dieser Art von Vulkanausbruch konfrontiert worden seien und die längst spezifische Verfahren entwickelt hätten. Vielleicht sollten wir aus diesen Erfahrungen lernen. In diesen Ländern, die mit vergleichbaren Katastrophen umgehen müssten, gebe es ein Überwachungssystem zur Risikokontrolle und feste Grenzwerte. Wir jedoch könnten zum jetzigen Zeitpunkt zwei der wichtigen technischen Fragen, die Voraussetzung für die Freigabe des Flugverkehrs sind, nicht beantworten. Erstens: Welche Menge Vulkanasche kann ein Triebwerk verkraften? Zweitens: Welche Teilchenkonzentration pro Kubikmeter kann ein Flugzeug gefahrlos durchfliegen? Aber wir wüssten auch, dass kein Grenzwert absolute Sicherheit garantiert. Lassen Sie mich Ihnen ein konkretes Beispiel nennen, sagte er. Gesetzt den Fall, ein Flugzeug fliegt über die Dauer von *zwei Minuten* sicher durch eine Wolke vulkanischer Asche, so bedeutet dies nicht, dass sich daraus ableiten lässt, dass diese *zwei Mi-*

nuten ein gültiger Standard sind, da es von der Teilchenkonzentration in der Wolke abhängt, durch die es geflogen ist. Wenn sich die Teilchenkonzentration erhöht, kann es durchaus sein, dass diese *zwei Minuten* eine echte Gefahr für das Flugzeug darstellen. Wir brauchen also nicht nur genaue Informationen über die Toleranzgrenzen der Düsentriebwerke, sondern auch eine präzise Kartierung der Teilchenkonzentrationen für jede in Frage kommende geografische Zone. Was diesen letzten Punkt betrifft, so müssen wir uns an Eurocontrol halten, die als einzige Institution über alle Informationen verfügt und gleichzeitig als Bindeglied zwischen der politischen Welt und den jeweiligen Sachverständigen fungieren kann, nach dieser Schlussfolgerung nahm er einen Schluck Kaffee aus seiner Tasse. Das hatte er sehr geschickt angestellt. Ohne es wirklich ausgesprochen zu haben, hatte er den Ball wieder Eurocontrol zugespielt. Die Beziehungen zwischen der Kommission und Eurocontrol waren schon immer kompliziert. Die Kommission neigte zu der Auffassung, sie allein definiere die Politik und Eurocontrol setze sie lediglich um. Eurocontrol ihrerseits hatte ihre Vorrechte stets eifersüchtig verteidigt. In Wahrheit hatte sich die Kommission zwischen zwei unhaltbaren Positionen festgefahren. Die erste unhaltbare Position bestand darin, dem Druck der Fluggesellschaften standzuhalten und den Luftraum gesperrt zu lassen, so lange, bis wir über ausreichende

Sicherheitsgarantien verfügten. Die andere unhaltbare Position war, bereits am nächsten Morgen den Luftraum öffnen zu lassen, auf die nicht völlig auszuschließende Gefahr hin, uns einen Unfall einzuhandeln. Wenn nach der Freigabe des Luftraums am Montag nur ein einziges Flugzeug in einen ernsten, durch Vulkanasche verursachten Zwischenfall verwickelt wäre und bei der Notlandung Verletzte zu beklagen wären, wäre die Kommission dafür verantwortlich. Was unseren Ruf betraf, wäre solch ein Vorfall verheerend. Ein einziger Todesfall, und wir würden uns davon nicht mehr erholen. Denn auf der Stelle hätten dieselben Leute, die vorher nach der Wiedereröffnung des Luftraums gerufen hatten, uns der Verantwortungslosigkeit geziehen, die Sicherheit der Bürger aufs Spiel gesetzt zu haben, und dann läge einmal mehr die Schuld bei der Kommission, die Schuld läge bei Brüssel und bei Europa. Auf der anderen Seite konnten wir aufgrund des wirtschaftlichen Drucks der Fluggesellschaften und der uneingeschränkten Unterstützung, die sie von den Mitgliedstaaten erwarten konnten, den Luftraum nicht auf unbestimmte Zeit sperren. Dies war an diesem Tag die Herausforderung für die Kommission. Und wir berührten damit die Quintessenz der politischen Entscheidung, nämlich zwischen zwei unhaltbaren Positionen wählen zu müssen.

Am Ende der Sitzung blieb mir kaum noch Zeit, in meinem Büro vorbeizugehen, denn fünf von uns mussten schon wieder zurück ins Berlaymont, wo wir uns mit Kommissar Kallas treffen sollten. Drei Tage lang hatten wir eine Krisensitzung nach der anderen, voller Aufregung, wir spürten den Rausch, im Mittelpunkt des Geschehens zu stehen. Die Arme vollgepackt mit Akten, gingen wir zusammen mit unserem Generaldirektor in Eile die Rue Breydel hinauf. Als wir am Berlaymont ankamen, passierten wir wie der Wind die Sicherheitskontrollen und stiegen in den Aufzug. Kommissar Kallas hatte ein sehr helles Büro im elften Stock des Gebäudes mit einer großen Fensterfront, die durch außenliegende Jalousien aus siebbedrucktem Glas beschattet war. Als wir eintraten, saß er im hinteren Teil des Raumes an seinem Schreibtisch und unterhielt sich per Videokonferenz mit dem Vorsitzenden des Verkehrsausschusses des Europäischen Parlaments. Ohne aufzustehen oder auch nur ein Wort zu verlieren (er hörte weiter seinem Gesprächspartner auf dem Bildschirm zu), forderte er uns von weitem mit einer einzigen stummen Armbewegung gleichzeitig auf, einzutreten, uns zu setzen und es uns bequem zu machen. Wir verteilten uns auf dem schwarzen Sofa und den drei oder vier Sesseln, die um den Couchtisch herumstanden. Gleich neben uns sah man im angrenzenden Büro durch eine offenstehende Tür seinen persönlichen Referenten telefonieren. Als Siim Kallas sein Gespräch beendet hatte, stand er auf, er trug ein weißes Hemd und Krawatte, zog bedächtig sein Anzugjackett an und ging die zehn Meter quer durch sein Büro auf uns zu, setzte sich zu uns an den Couchtisch und ließ uns wissen, dass der Druck auf die Kommission, so schnell wie möglich den Luftraum wieder zu öffnen, unerträglich werde. Die Fluggesellschaften würden nicht lockerlassen, und der Internationale Luftverkehrsverband habe gerade eine Presseerklärung herausgegeben, in der eine unverzügliche Neubewertung der Risikolage gefordert wurde, um die Erlaubnis für die Öffnung einiger Flugkorridore zu erhalten. Selbst die Presse prangere inzwischen die übertriebenen Vorsichtsmaßnahmen an. In einem Dossier blätternd, das ihm unser Generaldirektor übergeben hatte, fügte er nachdenklich hinzu, dass es eine goldene Regel gebe, die er schon oft beachtet habe, derzufolge die öffentliche Meinung immer dazu tendiere, Sicherheitsmaßnahmen für Ereignisse abzulehnen, deren Eintrittswahrscheinlichkeit sehr gering sei. So ist es nun einmal, sagte er. Aber wir wissen auch sehr gut, dass sich die öffentliche Meinung im Falle eines Flugzeugabsturzes sofort gegen uns wenden würde. Er legte das Dossier wieder auf den Tisch, stand auf und ließ uns für einen Moment allein. Er war in das Büro nebenan gegangen, und wir sahen ihn dort ein paar Worte mit seinem persönlichen Referenten wegen des anstehenden Termins bei Eurocontrol wechseln.

Um vierzehn Uhr wurden wir bei Eurocontrol erwartet. Das Treffen im Berlaymont war beendet. Ich zog meinen Mantel wieder an und ging an die Fensterfront. Ich schaute zwischen den Glaslamellen der Jalousien hinaus. Unten sah man die Rue de la Loi, auf der an diesem Sonntagmorgen nur sehr wenige Autos fuhren. Gleich gegenüber erhob sich das Justus-Lipsius-Gebäude mit seiner Fassade aus Glas und rosa Granit. Da war ich nun, im elften Stock des Berlaymont, im Büro des Vizepräsidenten der Kommission, und musste an meinen Vater denken, der ebenfalls Europakommissar gewesen war, der es aber nie erleben durfte, sein Büro in dem renovierten Gebäude zu haben. Mein Vater lag an diesem Tag im Krankenhaus. Vor zwei Wochen war er operiert worden. Bei einer Routineuntersuchung hatte er von seinem Arzt erfahren, dass die Ergebnisse seiner medizinischen Tests schlecht seien und er operiert werden müsse. Ich war in den vergangenen Tagen nicht bei ihm gewesen und hatte auch kaum Zeit gefunden, mit ihm zu telefonieren. Aber er erholte sich gut von der Operation, er war immer robust gewesen. Nur drei Tage nach dem chirurgischen Eingriff hatten Pierre und ich ihn im Krankenhaus besucht und erlebten, dass er nichts von seinem Kampfgeist eingebüßt hatte. Das Krankenhaus hieß Erasmus-Krankenhaus (mein Vater muss es geschätzt haben, unter dem Schutz seines geliebten Erasmus zu stehen, er hätte sich in keine besseren Hände gewünscht). Das war am vorangegangenen Sonntag, genau eine Woche zuvor. Als wir sein Zimmer betraten, saß er im Pyjama in seinem Bett, bewegungslos, mit bleichem Gesicht und einer Infusion am Handgelenk, und starrte schweigend an die Decke. Wir waren fast eine Stunde bei ihm gewesen. Pierre saß auf einem Stuhl am Fußende seines Bettes, und ich stand am Fenster und schaute an diesem Sonntagnachmittag hinunter auf den grauen Parkplatz des Erasmus-Krankenhauses. Pierre war gerade von einer Geschäftsreise aus China zurückgekehrt (er hatte Glück gehabt, er war einfach zwischen den Tröpfchen des Eyjafjallajökull hindurchgeflogen), er erzählte meinem Vater, wie sehr er beeindruckt war von der Dynamik der chinesischen Architektur und ganz allgemein von der Dynamik der chinesischen Gesellschaft, von den jungen Leuten und der Stellung der Frau, und er erwähnte das Beispiel einer kaum vierzig Jahre alten Bauleiterin, die beim Bau eines neuen Museums in Schanghai die Arbeit von mehr als zweitausend Arbeitern kontrollierte. Ich hatte ihm beigepflichtet, und Pierre erinnerte an den Reichtum der jahrtausendealten chinesischen Zivilisation. Bis mein Vater die Geduld verlor und uns ins Wort fiel, unsere Lobrede auf China unterbrach und de Gaulle paraphrasierte: »Ah, natürlich kann man Luftsprünge machen und China! China! China! rufen, aber das führt zu nichts, das bedeutet gar nichts!« Wir waren von der Heftigkeit seiner Reaktion überrascht. Blass auf seinem Bett sitzend, verärgert über unsere Begeisterung für China, hatte er uns mit bösem Blick und sichtlich erregt, mit kurzem Atem und einer plötzlich veränderten Stimme an die Tausenden Toten auf dem Tian'anmen, die willkürlichen Verhaftungen und die Menschenrechtsverletzungen erinnert, die in China nach wie vor an der Tagesordnung waren. Weder mein Bruder noch ich standen unter dem Verdacht, derartige Angriffe auf die Demokratie gutzuheißen (immerhin hatten wir unseren Vater als Vater), aber von dieser Einschränkung einmal abgesehen – und es war uns bewusst, dass es eine ziemlich große war –, sahen wir mit Begeisterung die ungeheure schöpferische Energie Chinas zu Beginn dieses Jahres 2010, die Dynamik seiner Gesellschaft und sogar diesen Wind der Freiheit, der in den Bereichen der Künste und der technologischen Innovation sich zu erheben schien. Aber mein Vater sah nur auf die politische Situation, die Unterdrückung von Anwälten und die fehlende Pressefreiheit. Für mich ist das redhibitorisch, sagte er mit finsterem Blick, zugleich geschwächt durch die Krankheit wie auch wütend über die Wendung, die unsere Unterhaltung genommen hatte. Niedergeschlagen saß er in seinem Bett, er konnte es nicht glauben, dass ihm seine beiden erwachsenen Söhne bei einer Frage der Verteidigung der Menschenrechte die Stirn bieten konnten. Selbst wenn er rein theoretisch akzeptieren würde, dass wir eine andere Meinung als er hatten – rein vom Intellektuellen hätte er sich darauf eingelassen –, konnte er das, wenn es um die Fakten ging, nicht ertragen.

Wir hatten das Berlaymont-Gebäude verlassen und fuhren zum Sitz der Eurocontrol in Diegem. Auf den Straßen von Brüssel war kaum Verkehr, und wir fuhren im Konvoi den Boulevard Léopold III. entlang. Ich war noch nie bei Eurocontrol gewesen, aber ich kannte die Strecke, es war derselbe Weg, den man zum Flughafen Zaventem nahm. Ich saß schweigend im Wagen, schaute durch das Fenster auf den Himmel über Brüssel, einen riesigen, leeren und fast wolkenlosen Himmel. Egal, in welche Richtung man sah, so weit das Auge reichte, gab es kein einziges Flugzeug mehr am europäischen Himmel, von der Atlantikküste bis zum Ural, vom Mittelmeer bis nach Skandinavien. Der Himmel war plötzlich zu einer stillen Wüste geworden. Seit achtundvierzig Stunden hatte es in Nordeuropa keine einzige Flugbewegung mehr gegeben, und ich dachte an die Hunderte von Flugzeugen, die auf den Parkflächen der menschenleeren Flughäfen stillstanden. Ich musste an die verderblichen Waren denken, die sich in den Kühlhäusern der Frachtabwicklung stapelten, an Blumen, die verwelkten, Kisten mit Obst, das hier an Ort und Stelle verrottete, an die Tonnen von frischem Fisch, die in den Hangars von Zaventem hatten vernichtet werden müssen. Ich dachte an für Transplantationen bestimmte Organe, auf deren Lieferung gewartet wurde, die aber unmöglich oder unterbrochen war, ich dachte an die ausgefallenen Sport- oder Kulturveranstaltungen, ich dachte an das Leiden der Hunderttausenden Passagiere überall auf der Welt. Ich dachte an all das, und es schien mir, dass die Arbeit für Europa gerade in diesem Moment eine konkrete Dimension, wie nie zuvor eine spürbare Bedeutung bekam. Was ich tat, was ich zusammen mit meinen Kollegen in der Kommission tat, hatte plötzlich eine materielle und greifbare Auswirkung auf das Leben der Bürger. Ich dachte an diese Verantwortung, die jeder einzelne von uns an diesem Tag hatte, um Europa zu repräsentieren, ein Element seines Räderwerks zu sein, und ich dachte an die Notwendigkeit, uns dieser Verantwortung würdig zu erweisen und der Herausforderung gewachsen zu sein, um den Spuk eines unfähigen, in Starre gefallenen, technokratischen und abstrakten Europas zu bannen. Hatten wir nicht in weniger als zwei Tagen, ob es den Populisten gefiel oder nicht, den Vögeln den Himmel zurückgegeben?

Ich saß hinten im Auto und hatte über mein Handy eine Verbindung mit der Flightradar24-App hergestellt, einem Flighttracker, der die Echtzeitüberwachung von kommerziellen Flügen ermöglicht. Ich hatte auf der Karte den Flughafen Zaventem eingegeben, und da ich keinen Flug feststellen konnte, der von Zaventem abflog oder sich Zaventem näherte, erweiterte ich das Gebiet um Belgien als Ganzes, die Niederlande und den Süden des Vereinigten Königreichs, jenen strategischen Knotenpunkt im Norden Europas, über den man normalerweise Hunderte winziger gelber Icons stilisierter Flugzeuge wie Insekten wimmeln sieht, mit unentwirrbaren Zusammenballungen um die Flughäfen Heathrow oder Schiphol. Zu diesem Zeitpunkt gab es kein einziges Flugzeug in dem Gebiet, es gab kein einziges gelbes Icon auf meinem Telefon. Erstaunt hatte ich das Bild Miguel Cordoba gezeigt, der neben mir im Auto saß, der, ebenfalls sehr beeindruckt, meinem Telefon nahekam und das eingestellte Gebiet mit zwei Fingern auf der Suche nach einem Flugzeug vergrößerte, aber immer noch keins fand, und ein wenig besorgt es nochmals vergrößerte, bis er endlich auf die ersten Flugzeug-Icons im äußersten Süden Europas stieß.

Unsere Autokolonne verließ die Autobahn, und wir fuhren an den gesicherten Eingängen des NATO-Hauptquartiers vorbei. Das Auto passierte eine Sicherheitsbarriere, verlangsamte die Fahrt und bog in eine schmale Allee, die zu einem breiten Ehrenhof mit einem zentralen Platz voller Flaggen führte. Mehrere Dienstwagen parkten bereits vor dem verglasten Eingangsportal des Eurocontrol-Hauptquartiers. Wir wurden von der Leiterin der Kommunikation der Organisation begrüßt. Sie begleitete uns durch die gläsernen Korridore und brachte uns in den Flugkontrollraum, wo Dutzende von Fluglotsen über ihre Bildschirme gebeugt waren, um mittels der ihnen übermittelten Flugpläne die Flugrouten der Flugzeuge zu berechnen. Aufgrund der Sperrung vieler Lufträume waren um die NO FLY ZONE herum größere Staus entstanden, und die Fluglotsen mussten den Fluggesellschaften, die mit dieser beispiellosen Situation konfrontiert waren, helfen, Ersatzrouten für ihre Flugzeuge zu finden, die im Einklang mit den Beschränkungen der für den Verkehr gesperrten Bereiche standen. Alle Arbeitsplätze in dem riesigen Saal vor uns waren besetzt. Einer neben dem anderen saßen die Fluglotsen in Dutzenden von Reihen, mit Headsets mit verstellbarem Mikrofonbügel, die es ihnen ermöglichten, an diesem Ort gleichzeitig Hunderte von Unterhaltungen zu führen, ohne einander zu stören. Die Leiterin der Kommunikation führte uns durch den Saal vor einen riesigen Wandbildschirm mit ständig aktualisierten Flugverkehrskarten, der in mehrere Kästen und Fenster unterteilt war. Schon auf den ersten Blick konnte man das ganze Ausmaß der Krise und den Umfang der Fluganullierungen erkennen, denn kein einziger Punkt ließ auf die Anwesenheit eines Flugzeugs über dem gesamten Gebiet des Vereinigten Königreichs schließen.

Es gab eine gewisse Unruhe und ein Gedränge, Menschen hatten es eilig, in den Saal zu gelangen, in dem die

Krisensitzung in Anwesenheit des spanischen Verkehrsministers stattfinden sollte (Spanien hatte zu dieser Zeit die Ratspräsidentschaft der Europäischen Union inne). Nach wenigen Worten der Begrüßung kam der Generaldirektor von Eurocontrol direkt zum Punkt. Er erklärte uns, dass er und seine Teams in den vergangenen zwei Tagen auf Ersuchen der Kommission über Lösungsvorschläge der Krise beraten hätten und dass er uns nun drei Optionen vorschlagen wolle. Die erste Option, der Status quo. Der nordeuropäische Himmel bleibt gesperrt, somit keine Unfallgefahr, da es keine Flugbewegung gibt. Das ist maximale Sicherheit. Option zwei, die amerikanische Vorgehensweise. Mir war klar, dass diese Option mit höchster Wahrscheinlichkeit nicht die von Eurocontrol bevorzugte war, denn nur schwerlich würde man eine Option als »amerikanische Vorgehensweise« bezeichnen, wenn man sie an Politiker verkaufen will, die beauftragt sind, die Stellung Europas zu bestimmen. Diese sehr liberale Vorgehensweise hieß, die Entscheidung über die Wiederaufnahme des Flugverkehrs den einzelnen Fluggesellschaften zu überlassen, ohne jegliche Einmischung der Behörden. Auf jeden Fall war es für Europa ein unhaltbarer Ansatz, der den Eindruck erweckt hätte, man wolle sich vor dem Problem drücken. Die dritte Option war die intermediäre Vorgehensweise, ein rein technischer Ansatz, der es Eurocontrol überließ, Empfehlungen auszusprechen und die endgültige Entscheidung den Staaten zu überlassen. Und für diese letzte Option wurde gestimmt, ohne dass es zu einer wirklichen Debatte oder einem Einspruch gekommen wäre, jeder würde mit seinen eigenen Worten oder Analysen erklären können, warum diese Option ihm am sachdienlichsten erschien. Nachdem dieser Punkt erledigt war, wurde das Wort Ian Maloney, dem Verantwortlichen für Prognosen bei Eurocontrol, erteilt, der die Aufgabe hatte, nun im Einzelnen auszuführen, wie man diese Empfehlungen aus technischer Sicht aussprechen könnte. Er ging zum magnetischen Whiteboard, nahm einen roten Filzstift von der Ablage und erklärte, dass Eurocontrol den europäischen Luftraum in drei verschiedene Zonen unterteilt habe, basierend auf der jeweiligen Konzentration der vom Eyjafjallajökull ausgestoßenen Asche, und schrieb die Namen der drei Zonen mit seinem roten Filzstift in der Reihenfolge auf die Tafel, wie er sie aussprach. Zone A: die verbotene Zone, die Risikozone, in der wir empfehlen, weiterhin Flüge zu verbieten. Zone B: Vorsichtszone, Zone mit geringerer Teilchenkonzentration, in denen die Mitgliedstaaten nach freiem Ermessen Flüge zulassen oder verbieten können. Zone C: Offene Zone, wo wir das Risiko gleich null bewerten.

Am Ende der Sitzung kam es zu einem Moment der Unschlüssigkeit und des Leerlaufs am Nachmittag, man ging aus dem Raum, als ob die Sitzung nach einer Pause wieder weitergehen würde, und auch die Delegationen verließen den Ort nicht sofort. Überall auf den Korridoren fanden sich kleine Grüppchen zu vertraulichen Gesprächen zusammen, man saß auf dem Boden, mit dem Laptop auf den Knien. Andere hatten das Gebäude verlassen, um im Freien zu rauchen, durch ein Fenster konnte ich sehen, wie der spanische Minister und sein Personenschützer in einem Innenhof ein Gespräch unter vier Augen führten. Hier und da gaben Beamte Interviews, im Stehen beantworteten sie vor einer auf einem Stativ installierten Kamera Fragen von Journalisten. Überall in den Gesprächen fiel der Name Eyjafjallajökull, die besser Informierten oder die Pedantischen sagten allerdings Eyjafjöll, denn der Eyjafjöll sollte nicht mit dem Eyjafjallajökull verwechselt werden. Ich erinnere mich an ein Streitgespräch am ersten Tag der Krise über den Namen des Vulkans, das unser Generaldirektor Manfred Hübner mit einem Experten führte, der eilig in unsere Büros gerufen worden war. Eyjafjallajökull ist der Name des Gletschers, hatte ihm der Experte erklärt, es handelt sich um eine sehr große Eiskappe südlich von Island. Der Vulkan selbst heißt Eyjafjöll. Oder, genauer gesagt, die Eyjafjöll im Plural, fuhr er fort, da es sich um ein Massiv mit mehreren Vulkanen handelt. Lasst uns die Dinge nicht komplizieren, sagte unser Generaldirektor mit einem Stirnrunzeln. Ich schlage vor, sagte er, dass wir uns von nun an bei jeder Erwähnung des Namens des Vulkans in einem offiziellen Dokument der Einfachheit halber an den Eyjafjöll halten sollten. Ist einfacher, fügte er hinzu. Ich war auf der Suche nach einem Platz, an dem ich mich hinsetzen konnte, um das GRI-Papier auf der Grundlage dessen, was während des Treffens gesagt wurde, auf den Stand zu bringen. Es war kein Büro frei, also ging ich zurück in den Kontrollraum. Mit meinem Laptop in der Hand schlängelte ich mich auf der Suche nach einem freien Platz zwischen den Tischen hindurch. Schließlich trieb ich einen Stuhl auf, den ich hinter mir herzog, und steuerte eine freie Tischecke an. Mit den Augen fragte ich einen Kontrolleur um die Erlaubnis, mich dort setzen zu dürfen, und ohne ein Wort lud er mich mit geöffneter Hand ein, Platz zu nehmen. Ich legte meinen Laptop auf die Tischfläche und gab meine PIN und die Passwörter in die elektronische Box meines Authentifikators ein, um Zugang zu einer abgesicherten Internetverbindung zu erhalten. Ich las meine E-Mails, ich hatte seit dem Morgen ein gutes Dutzend weitere erhalten. Eine von ihnen kam von Elisabetta, die ich auf der Stelle öffnete. Elisabetta war gerade in Los Angeles aufgewacht, wo sie seit zwei Tagen mit Alessandro festsaß. Der Air-France-Flug, den sie gebucht hatten, war ein weiteres Mal annulliert worden, und sie wurden in der Zwischenzeit in einem Flughafenhotel untergebracht. Elisabetta war überglücklich, sie freute sich, ihren Aufenthalt verlängern zu können, Alessandro sei reizend zu ihr. Sie hätte sogar den Swimmingpool des Hotels genießen können, kurz gesagt, sie schwamm im Glück. Ihre E-Mail endete mit den Worten: »Ich bin so froh!« (Seit Beginn der Krise war sie die erste Person, mit der ich zu tun hatte, die von der Eruption des Eyjafjallajökull derart begeistert war.)

An meiner Tischecke im Kontrollraum hatte ich auf meinem Laptop zwei Satzfragmente »Dritte Option, intermediäre Vorgehensweise auf Grundlage der Empfehlungen von Eurocontrol« und »Festhalten an der endgültigen Entscheidung bei den Mitgliedstaaten« eingetippt, und fragte mich, wie ich diese beiden Informationen in einem einzigen allgemeinverständlichen Satz zusammenfassen konnte. Ich war noch dabei, in Gedanken meinen Satz zu formulieren, als eine junge Frau, die ich nicht hatte kommen sehen, hinter meinen Rücken auftauchte und mich fragte, ob ich den WLAN-Code von Eurocontrol kenne. Sie muss durch meine etwas isolierte Position an dieser Tischecke geahnt haben, dass ich nicht zum Haus gehörte, und hatte sich an mich gewandt, um nicht einen der Kontrolleure bei der Arbeit stören zu müssen. Der WLAN-Code von Eurocontrol war ein simpler Schlüssel, der nicht geändert worden war. Miguel Cordoba hatte ihn mir gegeben, und ich sah keinen Grund, ihn geheim zu halten. Er ist etwas umständlich, sagte ich. Ich hatte den Code auf einem Stück Papier notiert, das ich aus meiner Tasche zog, und begann, ihn ihr langsam zu diktieren. Ich ließ sie, einen nach dem anderen, die Groß- und Kleinbuchstaben, Zahlen und Satzzeichen der schier endlosen Reihe eintippen. Ich sah sie in voller Konzentration hinter mir stehen und geschickt mit einem Finger auf die Tasten ihres Smartphones tippen: g<d/Zq4B> &YwF/2Ui2N. Nachdem sie den Code erfolgreich eingegeben hatte, bedankte sie sich, und wir tauschten noch ein paar Worte über die Eyjafjallajökull-Krise aus. Ich wies sie lächelnd darauf hin, dass sie einen kleinen Akzent habe, so wie sie Eyjafjallajökull sagte. Sie lächelte mich an. Sie haben recht, ich bin keine Isländerin, Sie sind wirklich sehr aufmerksam. Aber selbst auf Englisch, sagte ich zu ihr (weil wir Englisch sprachen), haben Sie einen kleinen Akzent. Sagen Sie mir nichts, lassen Sie mich raten. Sind Sie vielleicht Spanierin?, sagte ich. Sie machte ein gespielt erstauntes Gesicht (unglaublich, ich hatte richtig geraten), lächelte mich noch einmal an und ging dann weg. Im Weggehen schaute sie auf ihr Smartphone, sie hatte bereits eine Internetverbindung, ich sah sie den Flur hinunter zum Sitzungssaal gehen. Ich beendete meinen Satz für das GRI-Papier, gab ihn in meinen Laptop ein: »Um seitens der GRI den Mitgliedstaaten die endgültige Entscheidung zur Wiedereröffnung ihres Luftraums zu überlassen, wurde auf Grundlage der vorliegenden technischen Studien und ständig aktualisierter Daten, die von Eurocontrol zur Verfügung gestellt werden, beschlossen, den europäischen Luftraum künftig in drei verschiedene Zonen zu unterteilen, je nach dem Grad der Konzentration der vom Eyjafjöll ausgestoßenen Aschemengen.« Ich fügte den Satz in den dritten Abschnitt des GRI-Papiers ein (Vorschlag für die künftige Direktive) und schickte diese neue Version an meine Kontakte in den verschiedenen Kommissionen. Das Ganze war sehr förmlich abgefasst, und ich glaubte nicht, dass irgendjemand einen Einwand erheben würde, aber ich zog es vor, noch bis heute Abend ein grundsätzliches Einvernehmen zu erreichen, damit am nächsten Morgen keiner zurückrudert, wenn die Kabinettschefs das GRI-Papier bestätigen mussten.

Auf dem Weg zurück in den Sitzungssaal begegnete ich auf dem Flur Miguel Cordoba. Er war sozusagen Stammgast hier und kannte jeden. Er war in Begleitung von Ian Maloney, dem Leiter der Prognose, der während der Sitzung das Wort ergriffen hatte, und eines Flugkapitäns der KLM, den man aufgrund seiner professionellen Erfahrung mit Flügen in Vulkangebieten mit in den Krisenstab einbezogen hatte. Ian Maloney wollte den beiden gerade sein Büro zeigen und forderte mich auf, mich ihnen anzuschließen. Er zog eine Magnetkarte durch einen elektronischen Schließmechanismus und entriegelte eine Glasflügeltür, und wir traten in den Eurocontrol-Sicherheitsbereich ein, in dem sich die Personalbüros befanden. Aus dem Trubel, der hier an einem Sonntagnachmittag herrschte, wurde mir klar, dass, auch wenn wir in der GD MOVE seit Mitte der Woche an Deck waren, das nichts war im Vergleich zu Eurocontrol, das in höchste Alarmbereitschaft versetzt worden war. Drei Tage lang hatte Ian Maloney sein Büro nicht verlassen, hatte hier übernachtet, war am Vorabend gerade mal für eine Stunde zu Hause gewesen, um zu duschen. Die Leitung von Eurocontrol hatte ihn beauftragt, detaillierte Karten der Teilchenkonzentration zu erstellen, die alle sechs Stunden auf einem Portal der Organisation veröffentlicht wurden. Er führte uns in sein Büro, wo drei Personen vor den Computern saßen. Auf den Tischen stapelten sich in einem Durcheinander von farbigen Filzstiften und Rotringfüllern etwa fünfzig übermalte und korrigierte Karten. An der Wand war ein Klappbett aufgestellt, eine Kaffeemaschine und schmutziges Geschirr standen auf einem Möbelstück. Ian Maloney hatte sich eine der Karten geschnappt, und in der Mitte des Raumes stehend erklärte er uns im Detail, auf welche Weise sie entstanden. Auf der Karte war eine Sicherheitszone von sechzig Seemeilen in Rot eingezeichnet, in der man nicht das geringste Risiko eingehen durfte. Über die Karte gebeugt, billigte der KLM-Pilot diese Vorsichtsmaßnahme mit einem Nicken. Seiner Ansicht nach würde die extreme Gefahr, die von der Asche ausging, immer noch weitgehend unterschätzt. Man muss begreifen, dass Vulkanasche kein Staub wie jeder andere ist, sagte er. Sie kann hart wie Schmirgelpapier sein und scharfkantig wie Glasscherben. Wenn ein Flugzeug zum Beispiel Sand aufsaugt, ist das nicht allzu schlimm, der Sand wird nach einer Weile einfach aus dem Triebwerk wieder ausgestoßen, Vulkanasche aber wird aller Wahrscheinlichkeit nach im Triebwerk schmelzen und Ablagerungen bilden, die den Motor blockieren können. Genau das ist bei der Boeing 747 der British Airways während des bekannten Zwischenfalls in Jakarta passiert, wo alle vier Triebwerke gleichzeitig ausgefallen sind. Das Flugzeug kann eine Viertelstunde lang im Gleitflug zurücklegen, aber in einer Höhe von 13.500 Fuß hatte das Flugzeug immer noch keinen Schub, und die Besatzung bereitete sich darauf vor, im Indischen Ozean notzulanden, stellen Sie sich das vor, versuchen Sie einmal, mit einer Boeing 747 eine Wasserung zu machen, so etwas ist bis dahin noch nie zuvor versucht worden und wurde auch später nie versucht. Schließlich sind zwei der vier Triebwerke wieder angelaufen und die Boeing konnte in Jakarta notlanden. Aber das Flugzeug war derart beschädigt, dass es mit von schwarzer Asche zerkratzten, blinden Cockpitscheiben zum Terminal geschleppt werden musste.

Wir begannen bald, unsere Rückkehr ins Berlaymont zu organisieren. Um achtzehn Uhr war dort eine Pressekonferenz zu den Gesprächsergebnissen des Eurocontrol-Treffens angesetzt. Im Auto dachte ich an die alarmierenden Äußerungen des Piloten, der der Meinung war, dass es ohne festgelegte Gefahrengrenzwerte der Aschekonzentrationen für die verschiedenen Motortypen zum jetzigen Zeitpunkt niemanden gäbe, der guten Gewissens eine verlässliche Startgenehmigung erteilen könne. Er hatte uns erklärt, dass die Lufthansa am Vorabend ein mit Sensoren bestücktes Flugzeug ohne Passagiere in eine der Aschewolken hineinfliegen ließ und für heute zwei weitere Testflüge geplant seien, einer von KLM zwischen Amsterdam und Düsseldorf und einer von Air France zwischen Paris und Toulouse. Wir können Testflüge durchführen, okay, aber lassen Sie uns nicht das Risiko eingehen, Passagiere zu fliegen, hatte er gesagt. Ich dachte an seine Worte zurück, und ich spürte, wie in meinem Inneren eine diffuse Sorge wuchs. Ich hatte eine ungute Vorahnung.

Im Berlaymont begab ich mich sofort zum Presseraum, ich wollte nicht in der ersten Reihe sitzen, sondern hinten, abseits, um mich jederzeit unauffällig davonmachen zu können. Mehr als hundert Journalisten waren in den Pressesaal gekommen, sie gingen die Treppe hinunter, unterhielten sich lautstark im allgemeinen Trubel und grüßten sich über die Sitzreihen hinweg. Vor dem Podium hatten mehrere Fernsehteams mit Stativen Stellung bezogen. Punkt achtzehn Uhr trat Kommissar Kallas gemeinsam mit dem spanischen Verkehrsminister durch eine versteckte Tür im hinteren Teil des Podiums, sie setzten sich an ihre Pulte, während die Fotografen am Fuße des Podiums ihre Teleobjektive auf sie richteten. Kommissar Kallas begrüßte das Publikum und ergriff das Wort. Er verlas seine Notizen mit rauer Stimme. Wir stehen vor einer beispiellosen Situation. Noch nie zuvor war ein derart großer Teil des europäischen Himmels gesperrt und wird für länger gesperrt sein, glaubt man den Wettervorhersagen. Es ist klar, dass wir das nicht hinnehmen können, sagte er, wir können uns nicht einfach zurücklehnen und darauf warten, bis die Wolke verschwindet. Die Kommission hat in Abstimmung mit den Verantwortlichen von Eurocontrol das ganze Wochenende über gearbeitet. Wir haben drei Leitlinien definiert. Die erste Leitlinie ist die Sicherheit. Was die Sicherheit betrifft, können wir keine Kompromisse eingehen, es ist klar, dass die Sicherheit an erster Stelle steht. Gemeinsam mit den Experten suchen wir nach Lösungen, um den Flugverkehr wieder hochzufahren, ohne die Sicherheit zu gefährden. Die zweite Leitlinie betrifft die wirtschaftlichen Folgen. In den folgenden Tagen werde ich einer Expertengruppe vorstehen, die Lösungswege finden und die wirtschaftlichen Folgen der Krise analysieren soll, und zwar nicht allein in Bezug auf Fluggesellschaften, sondern für Europa ganz allgemein. Bei der dritten Leitlinie geht es um die Passagiere. Das war der Ausgangspunkt für unsere Überlegungen, wie die Schäden zu übernehmen sind, die Hunderttausende von Fluggästen, deren Flüge gestrichen wurden, in den letzten Tagen erleiden mussten. Ich hörte Kommissar Kallas nur mit halbem Ohr zu, ich kannte das alles auswendig, als plötzlich ein Satz, den er sprach, mich aus meiner Lethargie herausriss und mich zwang, genauer hinzuhören. Er hatte gesagt: »Dies sind schwierige Entscheidungen, die wir treffen müssen, denn das Leben der Passagiere steht auf dem Spiel.« Es war ein scheinbar neutraler, scheinbar harmloser Satz, aber mir wurde augenblicklich klar, was er bedeutete, dass eben das Leben von Passagieren auf dem Spiel stand. Wieder wurde ich von der diffusen Sorge, die ich schon im Wagen gespürt hatte, überwältigt. In mir schlummert immer diese Sorge, ganz generell und diffus, bereit, sich beim geringsten Alarm zu reaktivieren. Doch was bis jetzt nur ein diffuser, nicht formulierter Eindruck gewesen war, kristallisierte sich nun in meiner Vorstellung und wurde plötzlich zu einer Zwangsvorstellung. Ich begann auf eine ganz irrationale Weise zu befürchten, dass wir, wenn der Flugbetrieb an diesem Tag wieder aufgenommen würde, vor einer Flugkatastrophe stehen würden.

Ich verließ die Pressekonferenz. Ich brauchte frische Luft und möglichst auch einen Kaffee. Ich hielt mein Telefon in der Hand und sah mir im Gehen gerade die neuesten Informationen einer Nachrichtenseite an, als ich abrupt im Flur stehen blieb. Ich hatte gerade gelesen, was ich genau nicht lesen wollte, ich hatte gerade gelesen, dass die Beschränkungen gelockert worden waren und dass Flughäfen in Südfrankreich jetzt wieder geöffnet hatten. Für diesen Abend waren Flüge aus Nizza und Marseille vorgesehen. Lange hatte ich keine Flugangst mehr gehabt, die Angst vor dem Fliegen war mir völlig vergangen, und nun kehrte diese Angst mit einem Schlag wieder zu mir zurück, aber auf die denkbar merkwürdigste Weise, denn ich hatte keine Angst um mich selbst, auch nicht um meine Nächsten, sondern ich fühlte sie ganz abstrakt, ich fürchtete, an diesem Abend in Europa eine Flugzeugkatastrophe zu erleben. Ich war in Sichtweite der Cafeteria angekommen. Der Ort war ruhig, fast menschenleer, mit ein paar grünen Pflanzen und zwei oder drei Personen, die an Tischen in einer friedlichen Umgebung saßen. Ich dachte an den Zustand, in dem sich dieser Ort befand, als ich ihn zehn Jahre zuvor mit meinem Bruder besucht hatte, ich erinnerte mich an den höllischen Lärm auf der Baustelle, an die Dunkelheit und den Staub, an diese Schatten aus der Unterwelt, die den düsteren Raum der im Bau befindlichen Cafeteria heimsuchten. Ich ließ mir an der Maschine eine Tasse Kaffee herauslaufen, stellte sie auf ein Tablett, und es gelang mir nicht, mir die Bilder dieser trostlosen Baustelle aus dem Kopf zu schlagen, die mich verfolgten und sich plötzlich in mir zum Trümmerfeld einer Flugzeugkatastrophe verdichteten. Ich stellte mir vor, was hier im Berlaymont los wäre, wenn an diesem Abend oder am nächsten Morgen, nach Wiedereröffnung des Luftraums, uns die Nachricht erreichen würde, ein Flugzeug sei abgestürzt, ein Flugzeug, von dem wir zunächst völlig ohne weitere Nachricht geblieben wären, bis dann, im Laufe der Stunden, in jener unerträglichen Wartezeit, in der Gerüchte und die verrücktesten Vermutungen kursieren, das Schlimmste bestätigt wurde, dass das Flugzeug, von dem wir keine Nachricht hatten, tatsächlich abgestürzt war und die Ursache für den Absturz des Flugzeugs aller Wahrscheinlichkeit nach Vulkanasche in den Triebwerken war.

Dergestalt in meine Gedanken versunken, ging ich mit meinem Tablett in der Hand durch die Cafeteria, als ich die junge Frau, der ich am Nachmittag den Eurocontrol-WLAN-Code gegeben hatte, allein an einem Tisch sitzen sah. Sie erkannte mich und winkte mir aus der Ferne zu. Ich ging zu ihr hin, und sie lud mich ein, mich an ihren Tisch zu setzen. Ich stellte mein Tablett ab, setzte mich, und wir begannen, ein paar Worte auf Französisch zu wechseln (sie hatte ins Französische gewechselt, seit sie bemerkt hatte, dass es meine Sprache war). Sie beherrschte sowohl Französisch als auch Englisch fließend, und sie war nicht unglücklich darüber, das Englische fallenzulassen, das sie den ganzen Tag für die Arbeit sprach und das jetzt für sie mit der Eyjafjallajökull-Krise verbunden war. Sie erklärte mir, sie sei gerade aus der Pressekonferenz gekommen und bräuchte unbedingt eine Pause, um abzuschalten, seit jetzt fünf Tagen habe sie wegen dieses isländischen Vulkans kein Leben mehr. Sie komme nicht mal mehr zum Schlafen, sie wisse nicht einmal, wann sie Zeit zum Essen gefunden habe, und sie deutete dabei auf den fast leeren Salatteller auf ihrem Tablett. Nur Kaffee habe sie aufrecht gehalten, sie trinke ihn den ganzen Tag, und sie erhob sich, um sich einen neuen zu bestellen. Sie stand vor dem Tisch und fragte mich, ob sie mir auch einen holen solle. Ich hatte meinen Kaffee noch nicht angerührt, sie konnte es schwerlich übersehen haben, und doch bot sie mir an, mir noch einen Kaffee zu holen. Ich habe nicht sofort geantwortet. Ich schaute ihr in die Augen und dachte, dass, wenn ich Ja sagen würde, es unerwartete Folgen haben könnte, größere, als ich es mir vielleicht vorstellen konnte. Sie wartete, hielt meinem Blick stand, mit einem kaum wahrnehmbaren Lächeln auf ihren Lippen. War das ein Ja? Ja, sagte ich. Ich sah zu, wie sie zum Buffet ging. Ich weiß nicht mehr, ab welchem Moment ich mir sagte, dass sie reizvoll war, und ich bin mir nicht einmal sicher, ob ich es mir jemals gesagt habe, jedenfalls nicht mit diesen Worten. Ihr Name war Pilar Alcantara. Sie lebte seit acht Jahren in Brüssel und arbeitete für die ständige Vertretung Spaniens bei der Europäischen Union. In den letzten zwei Tagen hatte sie die Delegation des spanischen Verkehrsministers begleitet. Ich beobachtete sie in der Cafeteria aus der Distanz, wie sie an der Kasse bezahlte. Sie kam mit einem Tablett zurück, auf dem zwei Becher Kaffee Seite an Seite standen. Sie setzte sich und stellte den zweiten Kaffee neben meinen ersten, mit einem flüchtigen, herausfordernden Lächeln im Gesicht. Wir tranken jeder einen Schluck Kaffee, nicht etwa zwei, nur einen Schluck Kaffee, und dann war da ein Blick, ein erneuter Augenkontakt, nichts weiter, einfach, offen, bewusst, offensichtlich, und ohne ein Wort, ohne zu wissen, wie, vereinten sich unsere Hände auf dem Tisch, fanden wir uns Hand in Hand wieder. Und obwohl es so viele Frauen in meinem Leben gegeben hat, die meinen Kopf wochen- oder monatelang beschäftigt hatten, bevor ich es wagte, ihnen meine Gefühle zu offenbaren, genügte bei Pilar Alcantara ein einfacher Blick voller Ruhe und Bestimmtheit, um mich Hand in Hand mit ihr wiederzufinden, obwohl ich nicht einmal wusste, wer sie überhaupt war und bis zu diesem Tag nie an sie gedacht hatte, niemals irgendeinen Plan mit ihr in Betracht gezogen hätte, nicht einmal eine Geste, ein Gespräch oder irgendeine Form der Liebkosung. Unsere Hände blieben eine Zeit lang vereint, dann fanden sie, genauso natürlich, wie sie zueinandergefunden hatten, ihre Freiheit zurück und wurden wieder selbstständig. Dieser unerwartete Umstand, dass wir uns bei den Händen genommen hatten, verzögerte etwas die Fortsetzung unseres Gesprächs, erschwerte es, hemmte es, es gab da etwas wie eine unterschwellige Verlegenheit unter der Oberfläche der Belanglosigkeiten, die wir um den Ausbruch des Eyjafjallajökull herum weiter austauschten. Von jetzt an war alles, was wir sagten, um nicht zu schweigen, von untergeordneter Bedeutung, es lag jetzt an unseren Augen, und nur an ihnen allein, die Aufgabe unserer Hände zu übernehmen, an unserer Stelle zu sprechen und den wirklichen Dialog fortzusetzen, der sich gerade zwischen uns entwickelte, den Austausch von Zärtlichkeiten, den wir gerade sich anbahnen fühlten. Ich sah sie an und dachte, dass gerade etwas passierte, etwas passiert mir, sagte ich zu mir. Das ist eine einzigartige Eigenschaft der Liebe oder des Verliebtseins, die Erkenntnis, dass das, was passiert, uns passiert und niemand anderem sonst – es passiert mir, diese Sache passiert mir –, dass der Blick, die angedeutete Geste uns gilt und nur uns allein, und das starke Gefühl, der Auserwählte zu sein, das uns diese Wahrheit verschafft, überschwemmt uns mit einem unendlichen Wohlgefühl, das sofort alles andere in den Hintergrund rückt, ob Müdigkeit oder berufliche Sorgen, schlechte Vorahnungen oder Ängste. Wir hatten unseren Kaffee ausgetrunken und standen auf, um unsere Tabletts zurückzubringen. Nachdem wir sie in die übereinanderliegenden Fächer der

Ablage geschoben hatten, fanden sich unsere wieder freigewordenen Hände, voneinander magnetisch angezogen, aufs Neue zueinander, als hätten sie darauf gewartet und sich gesucht, und in einer einzigen, unabwendbaren Bewegung und im gleichen Schwung fanden sich unsere Körper, wir umarmten uns, hier, an dem silberglänzenden Geländer der Selbstbedienungscafeteria.

Es war wie ein Flackern. In der Sekunde der Annäherung unserer Körper, in der man die Berührung mit dem Körper des anderen spürt, in diesem Augenblick waren wir aus unseren Leben herausgetreten. Vergessen waren das Alltägliche, die Gewohnheiten, die Routine, vergessen die Müdigkeit, das Schickliche und die Verpflichtungen, vergessen waren Flugbeschränkungen, der Eyjafjallajökull und das GRI-Papier. Wir hatten nur noch den einzigen Gedanken im Kopf, von hier zu verschwinden, diesen Ort zu verlassen, dieser steifen Atmosphäre und den Gedanken zu entkommen, die wir bis zum Überdruss seit fünf Tagen wälzten, alles hinter uns zu lassen, das Berlaymont und die Pressekonferenz, Kommissar Kallas und den spanischen Verkehrsminister, uns zu befreien von den Ängsten, die sich seit Beginn der Krise in uns angestaut hatten, all das hinter uns zu lassen und aufzubrechen, Hand in Hand durch die Straßen von Brüssel zu rennen. Wir hatten die Cafeteria verlassen und gingen durch die Eingangshalle des Berlaymont auf den Ausgang zu. Blieben aber abrupt stehen, gebremst in unserem Elan. Denn durch die Glasfenster des Haupteingangs konnten wir mehrere auf dem Platz geparkte Dienstwagen sehen, Fahrer warteten, Mitglieder des Sicherheitsdienstes schienen uns den Weg zu blockieren. Wir machten kehrt, wollten das Gebäude auf unauffälligere Weise durch einen weniger frequentierten Ausgang verlassen. Ich kannte mich gut aus und zog Pilar Alcantara hinter mir her in Richtung des diskreteren VIP-Eingangs im Nordflügel des Gebäudes, der zweifellos an diesem Sonntagabend wie leergefegt sein und uns erlauben würde, uns ungesehen auf die Rue Stevin zu verdrücken. Ich bediente mich meines magnetischen Ausweises, um die gesicherten Türen zu passieren, und wir konnten unseren Weg fortsetzen, ich hatte eingeschränkten Zugang zu den Bereichen des Gebäudes. Durch einen anderen Gang erreichten wir einen menschenleeren Warteraum, der für die prominenten Besucher reserviert war und den wir eilig durchquerten. Auf unserem Weg passierten wir weitere gesicherte Türen, ich hatte mich unterwegs ein wenig vertan, wusste nicht mehr, wo ich war. Wir stiegen ein paar Stufen hinauf und folgten einem Gang, an dessen Ende sich eine Tür befand, die ich in der Annahme, sie würde zu dem VIP-Eingang führen, schwungvoll aufstieß, und wir befanden uns plötzlich hinten auf dem Podium wieder, auf dem Schauplatz der Pressekonferenz. Die Tür, die ich geöffnet hatte, war gerade einmal zwei

Meter von den Pulten der Redner entfernt, und ich spürte fast greifbar die körperliche Präsenz des spanischen Verkehrsministers, der dort redete. Pilar Alcantara, die hinter mir war, prallte gegen meinen Rücken, als ich plötzlich anhielt, und legte mir ihre Hand auf die Schulter, aber ich hatte die Tür schon wieder geschlossen, ich hatte sie nur geöffnet und geschlossen, alles in einer Bewegung. Sobald ich meinen Fehler bemerkt hatte, hatte ich einen Rückzieher gemacht. Doch genügte der eine Schritt auf das Podium, nicht einmal ein ganzer Schritt, ein halber, sofort unterbrochener, nicht durchgeführter Schritt, dieser kurze Augenblick, in dem ich mich von meinem eigenen Schwung mitgerissen auf dem Podium wiedergefunden hatte, dass sich die Augen aller Anwesenden auf mich richteten. Kommissar Kallas hatte sich aufgeschreckt umgedreht, überrascht davon, dass da jemand plötzlich in seinem Rücken auftauchte. Er kannte mich, er wusste, wer ich war, und ich konnte Unverständnis in seinen Augen lesen, Skepsis, Verblüffung. In der Sekunde, in der ich die Tür öffnete und auch gleich wieder schloss, nahm ich auch den Blick des spanischen Verkehrsministers wahr, der in seiner Rede unterbrochen wurde und mit irritiertem Blick seinen Satz fortzusetzen versuchte, der für einen Moment im Leeren schwebte und nicht den Faden verlieren wollte. In der äußerst kurzen Zeit, in der ich auf der Türschwelle innehielt, hatte ich in den ersten Reihen des Publikums eine Welle der

Erregung bemerkt, ich weiß nicht, ob es Journalisten oder Mitglieder des Sicherheitsdienstes waren, die dort saßen, aber ich sah Leute aufstehen und von ihren Plätzen in Richtung Podium laufen, ich sah, wie sie seitlich die Treppen auf das Podium hochstiegen. Wenn jeder im Pressesaal des Berlaymont eine Tür hatte sehen können, die sich im hinteren Bereich des Podiums öffnete, dann konnte es auch den Sicherheitsleuten nicht entgangen sein, die immer in Alarmbereitschaft sind, jederzeit bereit, auf den geringsten unerwarteten Vorfall zu reagieren, aufzuspringen, um einzugreifen, genau das ist ihre Aufgabe, das Unmögliche einzukalkulieren, das Unerwartete vorherzusehen, selbst wenn sie eine Gefahr mit Sicherheit nicht von dieser Tür erwartet hatten, dieser ultragesicherten Tür im hinteren Teil des Podiums, die nur von dazu Autorisierten genutzt werden darf, um das Podium für ihre Pressekonferenzen zu betreten, einer Tür, die nur für vorschriftsmäßig bevollmächtigte Personen da ist. Ich wusste, dass wir jetzt gejagt werden würden, und als Pilar Alcantara und ich durch die Flure zurückeilten, fast rannten, kamen wir erneut in die Eingangshalle des Berlaymont, wo es unmöglich ist, sich zu verbergen, wo es unmöglich ist, einen Ort zum Verstecken zu finden. Wir liefen verzweifelt in der Halle herum, und ich hatte das Gefühl, uns schon selbst von einem der Fußgängerstege über uns hier unten in der Mitte der großen, leeren Halle herumrennen zu sehen, winzige, panische Silhouetten in dieser imposanten Glasarchitektur, die versuchten, aus der Falle zu entkommen, die sich um uns zuzog, und die jedes Mal gegen geschlossene Glasscheiben stießen und nicht mehr wussten, wohin sie sich wenden, welche Tür sie öffnen und welchen Flur sie nehmen sollten. Als wären wir von einem Feuerring eingeschlossen, die Gefahr konnte von allen Seiten kommen, und da erinnerte ich mich an den unterirdischen Tunnel, den Pierre mir bei unserem Besuch zehn Jahren zuvor gezeigt hatte. Ich wusste nicht, ob dieser Tunnel noch existierte, ob er immer noch offen oder inzwischen stillgelegt worden war, ob er überwacht wurde, und natürlich, ob er überhaupt passierbar war, trotzdem machte ich mich sofort auf die Suche. Ich zog Pilar Alcantara hinter mir her, wir liefen den Lieferantenaufgang hinunter in Richtung der Tiefgarage, stiegen hinunter in das dritte Untergeschoss und weiter in das vierte. Wir stiegen immer tiefer hinunter in die Eingeweide des Berlaymont, bis wir das fünfte Untergeschoss erreicht hatten. Ich erkannte den Weg wieder, ich wusste, wohin ich mich wenden musste, öffnete die Tür zu einer Tiefgarage, die wir an Betonpfeilern vorbei fast rennend durchquerten, umrundeten ein Wachhäuschen, öffneten eine schwere Feuertür und erreichten schließlich den geheimen Gang. Die Röhre war in weit schlechterem Zustand, als ich sie in Erinnerung hatte, Wasser moderte in Pfützen auf dem schmalen Laufsteg und lief von rohen

Wänden, die Feuchtigkeit ausschwitzten, Leitungen aus Blei und Abflussrohre führten an der Decke entlang. Pilar Alcantara hielt sich an meiner Seite, ich konnte ihr ängstliches Gesicht im Dunkeln des Untergrunds erahnen. Die meisten der Notlichter waren defekt, nur am anderen Ende des Tunnels konnten wir ein gelbes Licht sehen, wie das Leuchtfeuer eines Leuchtturms, es zitterte, flackerte, wie atemlos, kurz vor dem Erlöschen, und plötzlich erlosch das Licht, und wir waren in völlige Dunkelheit getaucht. Wir kamen weiter vorwärts durch den finsteren Korridor voran, wurden immer langsamer. Pilar Alcántara ergriff meine Hand, um die Angst zu bannen, aber kaum berührten sich unsere Hände, kaum hatte sie meine Haut berührt, näherten sich auch unsere Körper einander und kamen wieder zusammen. Wir waren im Dunkeln stehen geblieben, eng umschlungen, holten Luft, pressten uns schweigend aneinander, aus der Ferne hörten wir Geräusche, wir spitzten die Ohren, ob sich das Geräusch von eventuellen Verfolgern ausmachen ließ. Die Pressekonferenz dort oben im Pressesaal des Berlaymont war sicher weitergegangen, sie war eigentlich nie unterbrochen, die Sitzung nicht beendet worden, es war nur eine Zäsur gewesen, ein Hiatus, ein Splitter in dem unabänderlichen und im Allgemeinen wenig überraschenden Lauf der Ereignisse. Vielleicht war einer der Sicherheitsleute diskret auf das Podium gekommen, um sich zu vergewissern, dass niemand mehr hinter der

Tür steckte, oder man hatte die Tür bereits von der anderen Seite gesichert, ohne dass es den Journalisten aufgefallen wäre. Die Security-Leute würden sich unverzüglich vor ihre Monitore gesetzt haben, um die Aufnahmen der Überwachungskameras zu überprüfen, vielleicht war es ihnen möglich, den Moment des Zwischenfalls festzuhalten, und vielleicht auch die Haltung, die ich auf dem Podium einnahm, als ich die Tür öffnete, meine mitten in ihrem Schwung unterbrochene Körperbewegung, mein versteinerter Gesichtsausdruck, für immer eingefroren auf dem Bildschirm. Wir hatten uns wieder auf den Weg gemacht und folgten in der Dunkelheit weiter dem unterirdischen Gang, wo wir nichts anderes hörten als das entfernte Geräusch eines Straßentunnels, in dem Fahrzeuge unter der Erde dröhnten. Als ich die Feuertür am Ende des Ganges öffnete, wurden wir vom Tageslicht geblendet. Wir gingen zu einer schmalen Treppe, stiegen noch ein paar Stufen hinauf und kamen auf der anderen Straßenseite heraus, in der Halle des Justus-Lipsius-Gebäudes. Sofort wurden wir von Sicherheitsbeamten eingekreist. Ich dachte zuerst, es handelte sich um die Sicherheitsleute vom Berlaymont, die über die Straße gerannt wären, um uns am Ausgang des unterirdischen Tunnels in Empfang zu nehmen, aber es waren Wachen des Justus-Lipsius-Gebäudes. Sie waren nicht im Bilde, sie fragten sich nur, was wir hier verloren hätten. Ich zeigte ihnen meinen Ausweis. Sie betrachteten ihn aufmerksam, stellten ein, zwei Fragen. Meine Antworten schienen sie zufriedenzustellen. Sie hielten uns noch einen Moment zurück, wegen einer Kontrolle rein formaler Natur, dann ließen sie uns laufen. Wir verließen das Gebäude und fanden in der Rue de la Loi ein Taxi. Ich wusste nicht, wohin wir fahren sollten, ich würde es schon sehen, wenn wir uns absetzen ließen. Das Taxi fuhr durch die Straßen von Brüssel. Ich war außer Atem, ich konnte mein Herz in meiner Brust sehr schnell schlagen hören und fühlte mich in diesem Taxi neben Pilar Alcantara, die sich auf dem Rücksitz fest an mich drückte, von einer intensiven Lebendigkeit. Sie lehnte sich an meine Schulter, und ich spürte die Hitze ihrer Gegenwart. Sie näherte sich meinem Ohr und sagte in einem Atemzug: »Du hast Lust auf mich.« Es war nicht wirklich eine Frage, sie hatte mich nicht gefragt, ob ich Lust auf sie hätte – als ob sie auch nur einen Moment daran gezweifelt hätte –, aber es war auch nicht, oder jedenfalls nicht genau, obwohl es sich seltsamerweise genauso anhörte, gleichbedeutend mit »Ich habe Lust auf dich«. Sie hatte »Du hast Lust auf mich« gesagt, und man konnte darin eine Frage und zugleich auch ein Geständnis sehen, ihr »Du hast Lust auf mich« enthielt beides gleichzeitig, »Hast du Lust auf mich?«, und auch »Ich habe Lust auf dich«, aber sie hatte weder das eine noch das andere gesagt, und es blieb in ihrer Formulierung ein Teil eines nicht auflösbaren Mysteriums. Es war auf jeden Fall das erste Mal, dass sie das sexuelle Begehren zur Sprache gebracht hat. Du hast Lust auf mich, wiederholte sie, als ob die Gefahr, der wir gerade entkommen waren, ihr Begehren noch gesteigert hätte, und ich verstand plötzlich, was sie mit ihrem »Du hast Lust auf mich« meinte. Es war keine Frage, es war eine Antwort. Was sie sagen wollte, war: »Ja, du hast Lust auf mich, ich weiß es, ich weiß, dass du Lust auf mich hast.« Es war diese brennende und drängende Feststellung, die sie gebieterisch machte, dass ich Lust auf sie hatte, dass sie es sah und sich darüber freute. Ich legte meine Hand auf ihren Schenkel, und sofort, beim ersten Kontakt meiner Finger mit dem Stoff ihres durchsichtigen schwarzen Strumpfes, musste ich mich dieser Tatsache beugen – ja, ich hatte Lust auf sie, ich konnte es nicht abstreiten, ich hatte Lust auf sie.

Aber ich wusste auch, oder wusste es später mit Sicherheit, dass dieser Wunsch, sie zu berühren und von ihr berührt zu werden, dieses unausweichliche Bedürfnis, unsere Körper so schnell wie möglich zu vereinen, eine Erklärung hatte, die über uns hinausging, und das, was wir gerade erlebten, weit mehr war als nur die Anziehung, die wir füreinander empfanden, sondern das Resultat der Anhäufung der Spannungen, die wir seit fünf Tagen mit uns trugen. Es waren, ich wusste es, die Sorge und die Angst, die uns einander in die Arme getrieben hatten. Nach den Attentaten des 11. Septembers hatten Untersuchungen gezeigt, dass die New Yorker als Reaktion auf die extreme Gewalt des erlittenen Stresses ein verstärktes Bedürfnis sich zu paaren hatten. Meine Begegnung mit Pilar Alcantara war das Ergebnis einer außergewöhnlichen Situation, hätten andere Umständen geherrscht, es wäre mit Sicherheit nicht dazu gekommen, und mir wurde bewusst, dass die so intensiven Stunden, die wir gerade erlebten, nur eine Konsequenz und mit Sicherheit die angenehmste, wenn nicht sogar die am wenigsten zu erwartende Konsequenz des Ausbruchs des ein paar Tausend Kilometer entfernten Vulkans Eyjafjallajökull war.

Wir hatten das Stadtzentrum erreicht, und ich bat den Fahrer, uns am Eingang der Galeries Royales abzusetzen. Wir stiegen aus dem Auto und machten uns auf die Suche nach einem Hotel, und wir gingen in das erste, das wir finden konnten, ein unpersönliches Hotel einer großen internationalen Kette. An der Rezeption fragten wir nach einem Zimmer, alles nahm einen ganz natürlichen Gang, schon waren wir im Aufzug, öffneten die Zimmertür, und schnell lag sie nackt in meinen Armen und wir umarmten uns leidenschaftlich auf dem Bett dieses Hotelzimmers. Wir hatten das Bett nur notdürftig aufgedeckt, unsere Kleider lagen chaotisch um uns herum verteilt. Ich hatte meine Augen geschlossen und streichelte mit meinen Händen über ihren Körper, ich spürte ihre Hände auf meiner Haut, ich ertastete ihre Hüften, die Schwere ihrer Brüste. Sie hielt inne und sah mich an. Sie lag neben mir im Bett, brachte ihr Gesicht näher an meins, legte ihre Hand auf meine Wange und küsste mich, und als ich dann zum ersten Mal ihre Zunge in meinem Mund spürte, begriff ich, dass wir uns das erste Mal küssten. Es war unser erster Kuss. Wir hatten uns zuvor noch nie geküsst. Seitdem wir uns getroffen hatten, wurden wir ständig von den Umständen erschüttert, von einem Ereignis in das nächste geworfen, und hatten noch nicht die Zeit gefunden, uns zu küssen, wir hatten weder die Gelegenheit noch die Muße dazu gehabt. Ich hatte das Gefühl, dass so viel Zeit verstrichen war, seitdem wir auf diesen Kuss warteten, seitdem wir ihn vorausempfunden hatten, seitdem wir sicher waren, dass seine Zeit kommen würde, und dass er so spät gekommen war, am Ende, dieser erste Kuss, als hätten wir seit Jahrhunderten darauf gewartet. Wir küssten uns ungestüm, und ich konnte nicht fassen, welche unerwartete Wendung dieser Tag genommen hatte. Seitdem ich ihr begegnet war, hatte ich in der gleichen Bewegung, in einem Atemzug, angesaugt von einem ununterbrochenen Strudel von Taumel und Emotionen, gleichzeitig Verlangen und Furcht, Begehren und Angst, Liebe und Besessenheit erfahren.

Neue Literatur in der Frankfurter Verlagsanstalt
(eine Auswahl)

Claire Beyer. REVANCHE
Roman
„Claire Beyers Buch ist wie Kunst, die mit reduzierten Strichen die Welt darstellt. Ihre Sprache ist lyrisch, kurz und schön." BIETIGHEIMER ZEITUNG

Claire Beyer. REFUGIUM
Roman
„Ein spannender Roman, der sich zur Geschichte einer Frau entwickelt, die sich selbst sucht. Gefunden hat sie am Ende sehr viel mehr, als sie vermisste: ihr Selbstbewusstsein und die Kraft dazu." FRANKFURTER ALLGEMEINE ZEITUNG

Britta Boerdner. AM TAG, ALS FRANK Z. IN DEN GRÜNEN BAUM KAM
Roman
„Drei ereignisreiche Tage in einem Dorf am Ende eines Jahrzehnts. Präzise beobachtet und atmosphärisch dicht aus unterschiedlichen Perspektiven erzählt." WDR2

Nora Bossong. GEGEND
Roman
„*Gegend* ist eines der überzeugendsten Erzähldebüts des soeben vergangenen Jahres." FRANKFURTER RUNDSCHAU

Nora Bossong. WEBERS PROTOKOLL
Roman
„Ein Roman voller literarischer Untiefen und menschlicher Abgründe, der nicht allein für kommende Bücher ihrer Generation eine unübersehbare Wegmarke setzt." DEUTSCHLANDFUNK

Anne Brannys. EINE ENZYKLOPÄDIE DES ZARTEN
„Eines der schönsten Bücher dieses Herbstes." DEUTSCHLANDFUNK

Hans Christoph Buch. ROBINSONS RÜCKKEHR
Die sieben Leben des H. C. Buch
„Buch hat nicht nur einen unverwechselbaren Ton, sondern er führt in jedem seiner Romane vor, was Literatur kann: Dinge beschreiben, die unbeschreiblich sind." DEUTSCHLANDFUNK

Hans Christoph Buch. TUNNEL ÜBER DER SPREE
Traumpfade der Literatur
„Es sind kenntnisreiche Chroniken der deutsch-deutschen Literaturszene, die zugleich neue literarische Zugänge zur Welt offenlegen."
DEUTSCHLANDRADIO KULTUR

Hans Christoph Buch. ELF ARTEN, DAS EIS ZU BRECHEN
Roman
„Hans Christoph Buchs Bücher sind Schatzkisten, prall gefüllt mit Geschichten aus fernen Ländern, Zeugen seiner ungezähmten Fabulierlust."
DEUTSCHLANDRADIO KULTUR

Hans Christoph Buch. REISE UM DIE WELT IN ACHT NÄCHTEN
Roman
„Ein satirischer, politischer Abenteuerroman und einmal mehr der Beweis, dass zwischen zwei Buchdeckeln eine ganze Welt zu entdecken ist." B5 AKTUELL

Hans Christoph Buch. TOD IN HABANA
„Zweifellos, dieser fluide Text ist eine aberwitzige Travestie, eine durch und durch respektlose Burleske." DIE WELT

Lasha Bugadze. DER ERSTE RUSSE
Roman
„Lasha Bugadze gelingt es, georgische Zeitgeschichte und Fiktion geschickt miteinander zu verknüpfen" WDR5

Lasha Bugadze. DER LITERATUREXPRESS
Roman
„Schelmisch und selbstironisch, satirisch und sehr lustig: Bugadze hat Talent für humoristisch überzeichnete Szenen und einen Sinn fürs Absurde."
DER TAGESSPIEGEL

Ruth Cerha. ZEHNTELBRÜDER
Roman
„*Zehntelbrüder* ist ein zeitgemäßer Familienroman, ein Kaleidoskop moderner Verhältnisse, in denen Bindungsängste ebenso zu finden sind wie der Glauben an eine tiefe innere Verbundenheit." BÜNDNER TAGBLATT

Ruth Cerha. BORA. EINE GESCHICHTE VOM WIND
Roman
„Bildstark, sinnlich und mit einem überaus musikalischen Grundton spürt Cerha den Sehnsüchten und Ängsten zweier Enddreißiger hinterher."
STUTTGARTER ZEITUNG

Pauline Delabroy-Allard. ES IST SARAH
Roman
„Ein furioses, ein gnadenloses Debüt der Französin, die es damit gleich in die zweite Runde des Prix Goncourt schaffte." DER STANDARD

Nicolas Dickner. NIKOLSKI
Roman
„Dickners Blick auf die Welt ist subversiv." DEUTSCHLANDFUNK

Mareike Fallwickl. DAS LICHT IST HIER VIEL HELLER
Roman
„Spannungsreich gewoben. Wo die existenziellen Bedrohungen Ernst machen, reagiert Mareike Fallwickl mit Satire. Ihr Konter auf den Zynismus kommt souverän abgefedert daher.“ Neue Zürcher Zeitung

Mareike Fallwickl. DUNKELGRÜN FAST SCHWARZ
Roman
„Wenn es ein Buch gibt, das unter all den Neuheiten herausragt, dann ist das *Dunkelgrün fast schwarz*. Hier stimmt einfach alles, von der ersten bis zur letzten Seite.“ Blog Masuko13

Margaux Fragoso. TIGER, TIGER
Roman
„Es ist ein schockierendes Buch, das die Amerikanerin Margaux Fragoso über ihre jahrelangen Erfahrungen mit einem Pädophilen geschrieben hat.“ Frankfurter Allgemeine Sonntagszeitung

Anna Galkina. DAS NEUE LEBEN
Roman
„*Das neue Leben* ist ein Roman über Migration – unter anderem. Er beschreibt auch die Höhen und Tiefen im Leben einer jungen Frau. Und das auf eine wahrlich gelungene Weise.“ Cicero

Ernst-Wilhelm Händler. WENN WIR STERBEN
Roman
„Ernst-Wilhelm Händler vollzieht in seinem raffinierten Roman nichts Geringeres als die feindliche Übernahme der deutschen Gegenwartsliteratur.“ Frankfurter Allgemeine Zeitung

Nino Haratischwili. DIE KATZE UND DER GENERAL
Roman
„Nino Haratschwili ist eine zupackende und furchtlose Erzählerin. Sie hat die Gabe, Figuren und einer Szenerie mit wenigen Sätzen Kontur und Lebendigkeit einzuhauchen.“ NZZ am Sonntag

Nino Haratischwili. DAS ACHTE LEBEN (FÜR BRILKA)
Roman
„Die Geschichte des europäischen Jahrhunderts als georgische Familiensaga erzählt. Wie hat sie das gemacht? Deutscher Roman des Jahres. Phänomenal.“ Frankfurter Allgemeine Sonntagszeitung

Nino Haratischwili. MEIN SANFTER ZWILLING
Roman
„Nino Haratischwili hat das Zeug zur neuen Heldin der zeitgenössischen deutschen Literatur. *Mein sanfter Zwilling* ist ein Text von beinahe klassischer Wucht.“ Literarische Welt

Christa Hein. DER GLASGARTEN
Roman
„Christa Hein ist eine Seelenmalerin, die sich auf das Legen literarischer Hochspannungsleitungen versteht. Gekonnt verschränkt sie Familiendrama, Liebesaffären und Krimi.“ Brigitte Woman

Zoë Jenny. BLÜTENSTAUBZIMMER
Roman
„Es ist ein verstörender Text, klar und einfach geschrieben und doch von einer vielleicht noch etwas naiven, poetischen Kraft – hier ist nichts gekünstelt.“ Elke Heidenreich, WDR

Tanja Kinkel. GÖTTERDÄMMERUNG
Roman
Ein spannender und hochbrisanter Thriller über eine globale Pandemie

Bodo Kirchhoff. DÄMMER UND AUFRUHR
Roman der frühen Jahre
„Bodo Kirchhoff hat eine Selbsterforschung geschrieben. Wer sich mit diesem Autor beschäftigt, kommt an diesem Buch nicht vorbei.“ Deutschlandfunk

Bodo Kirchhoff. WIDERFAHRNIS
Novelle
Ausgezeichnet mit dem Deutschen Buchpreis 2016
„Bodo Kirchhoff ist ein Meistererzähler; sein Widerfahrnis trifft uns alle.“ Literarische Welt

Bodo Kirchhoff. VERLANGEN UND MELANCHOLIE
Roman
„Bodo Kirchhoff ist auf der Höhe seiner Kunst angelangt, ein souveräner Meister in der Beherrschung seiner Mittel. Das ist es, was man gemeinhin als Virtuosität bezeichnet.“ Frankfurter Allgemeine Zeitung

Bodo Kirchhoff. DIE LIEBE IN GROBEN ZÜGEN
Roman
„Ein fulminantes Buch über die Menschen von heute und über das, was sie umtreibt, verstört, weiterbringt, überleben lässt, über die Liebe also – in groben Zügen.“ Denis Scheck, ARD Druckfrisch

Bodo Kirchhoff. WO DAS MEER BEGINNT
Roman
„Das ist so scharf beobachtet, so witzig, dramaturgisch geschickt und spannungsreich erzählt, da erweist sich Kirchhoff auf der Höhe seiner Kunst.“ Frankfurter Allgemeine Zeitung

Bodo Kirchhoff. PARLANDO
Roman
„Ein fabelhafter Erzähler, ein großartiger Schriftsteller, eine grandiose Episode nach der anderen!“ Marcel Reich-Ranicki

Bodo Kirchhoff. INFANTA
Roman
„Es ist ein spannendes Buch, das den Leser so in die Gegenwart der Erzählung hineinzieht, dass er die eigene Zeit vergisst. Etwas Selteneres lässt sich von einem deutschen Roman kaum sagen." Frankfurter Allgemeine Zeitung

Elsa Koester. COUSCOUS MIT ZIMT
Roman
Drei Generationen, eine mitreißende Lektüre, ein Familienroman voller emotionaler Wärme, voller Empathie und sprühender Lust am Erzählen.

Sabine Kray. DIAMANTEN EDDIE
Roman
„Eddie erscheint als Hochstaplerfigur vom Kaliber eines Felix Krull."
Frankfurter Allgemeine Zeitung

Helmut Kuhn. GEHWEGSCHÄDEN
Roman
„Der Roman ist ein Zeitdokument, das einen tiefen Blick in die Seelenlage von Berlins kreativer Mitte wirft. Mit seinen starken Szenen und abrupten Wechseln erinnert *Gehwegschäden* an Döblins Berlin Alexanderplatz."
RBB Stilbruch

Amanda Lasker-Berlin. ELIJAS LIED
Roman
„Ihre Kunst ist politisch. Sie hat etwas zu sagen und sie tut es auch. Amanda Lasker-Berlin, ein Name den man sich besser einprägen sollte." MDR

Amanda Lasker-Berlin. IVA ATMET
Roman
„Ein Roman von großer psychologischer Tiefe und Sprachgewalt." WDR

Ulla Lenze. DIE ENDLOSE STADT
Roman
„Ulla Lenze hat in ihrem enorm gegenwärtigen Großstadtroman eine Sprache für die Verwirrung zwischen Nähe und Ferne, Kunst und Kapitalismus gefunden." KulturSpiegel

Ulla Lenze. DER KLEINE REST DES TODES
Roman
„Ein lebensgesättigter, gleichwohl lyrischer Roman, der in jene Räume vordringt, die zu betreten am schwersten sind. Dort nämlich kann man etwas entdecken, das ungeheuer fragil, instabil, unfassbar, transzendent ist: das eigene Ich." Deutschlandfunk

Demian Lienhard. ICH BIN DIE, VOR DER MICH MEINE MUTTER GEWARNT HAT
Roman
„Von den Jugendunruhen 1980 an den Platzspitz. Eine solche Stimme hat man in der Schweizer Literatur noch nicht gehört: frech und verzweifelt, schräg und kühn.“ NZZ

Julia Malik. BRAUCH BLAU
Roman
„Der Roman geht unter die Haut. In schneller Sprache zieht sie den Leser in ihre Geschichte rein. Ein Buch, das uns viel über unsere wandelnde Gesellschaft zeigt – und die Liebe.“ Elle

Mathias Menegoz. KARPATHIA
Roman
„Der Roman bietet große Landschaften und große Gefühle.“ Frankfurter Allgemeine Zeitung

Karoline Menge. WARTEN AUF SCHNEE
Roman
„Karoline Menge variiert in ihrem erstaunlichen Debüt ein bekanntes Sujet: zwei Menschen alleine in einer feindlichen Umwelt.“ Deutschlandfunk Kultur

Véronique Ovaldé. NIEMAND HAT ANGST VOR LEUTEN, DIE LÄCHELN
Roman
„Ein Hybrid aus Krimi, Thriller und Familienporträt, der nicht zuletzt von seinen verschrobenen, schwer durchschaubaren Charakteren lebt.“ Der Tagesspiegel

Christoph Peters. STADT LAND FLUSS
Roman
„Eine scheinbar ganz normale Liebesgeschichte, aber voller doppelbödiger Spannung. Ein Glücksfall.“ Focus

Sylvia Plath. DIE TAGEBÜCHER
„Ein großartiges Stück autobiographische Literatur. Kraftvoll und poetisch, klug und sprachlich ausgefeilt.“ Brigitte

Sylvia Plath. DIE BIBEL DER TRÄUME
Erzählungen
„Gerade durch diese Texte, die noch nicht wie in Stein gemeißelt dastehen, erfährt man viel über die literarische Begabung Sylvia Plaths.“ Neue Zürcher Zeitung

Sylvia Plath. ZUNGEN AUS STEIN
Erzählungen
„Joachim Unselds Frankfurter Verlagsanstalt macht die beiden Erzählbände *Die Bibel der Träume* und *Zungen aus Stein* wieder zugänglich. Plath besticht darin mit ihrem unverkennbaren kühlen Prosa-Stil. Er erinnert an den jungen Philip Roth und Salinger.“ Literarische Welt

Marion Poschmann. BADEN BEI GEWITTER
Roman
„*Baden bei Gewitter* ist ein Sprachfeuerwerk." NEUES DEUTSCHLAND

Marion Poschmann. HUNDENOVELLE
„Es ist die präzise Komposition, die neben der geschliffenen, glitzernd polierten Sprache dieser Prosa besticht." DIE ZEIT

Marion Poschmann. SCHWARZWEISSROMAN
Roman
„Hier gibt es keine abgegriffenen Worte, keine sattsam bekannten Figuren. So etwas hat man noch nicht gelesen." BÜCHER

Marion Poschmann. GRUND ZU SCHAFEN
Gedichte
„Einer der wichtigsten Gedichtbände der letzten Zeit. *Grund zu Schafen* markiert die Rückkehr einer Naturlyrik auf höchstem Sprach- und Reflexionsniveau."
FRANKFURTER ALLGEMEINE ZEITUNG

Minka Pradelski. ES WIRD WIEDER TAG
Roman
„Wie meisterhaft Minka Pradelski über dieses Kapitel der Geschichte schreibt, ist große Kunst auf dünnem Eis. Sie kann das, und sie darf das! Ein ganz wunderbares Buch, ich bin mehr als begeistert." IRIS BERBEN

Minka Pradelski. UND DA KAM FRAU KUGELMANN
Roman
Frau Kugelmann sagt einmal, seinen eigenen Kindern kann man sowas nicht erzählen, man muss es fremden Kindern erzählen. Wir sind auch die fremden Kinder, die durch solche Bücher ganz viele großartige Dinge erfahren."
ELKE HEIDENREICH

Julia Rothenburg. HELL/DUNKEL
Roman
„In knapper Sprache lässt Rothenburg das Halbdunkel einer verwahrlosten Kreuzberger Wohnung aufleben, jugendliche Trostlosigkeit und fiebriges Habenwollen, hinter dem jederzeit der innere Zusammenbruch lauert."
BERLINER ZEITUNG

Julia Rothenburg. KOSLIK IST KRANK
Roman
„Eine subtil spannende und hochinteressante Lektüre. Ein furioses Debüt."
DEUTSCHLANDFUNK

Julia Rothenburg. MOND ÜBER BETON
Roman
„Ein tolles, ein prächtiges, ein herrliches Buch mit einem überraschenden Ende – das knallt." FERIDUN ZAIMOGLU

Thomas von Steinaecker. WALLNER BEGINNT ZU FLIEGEN
Roman
„Ein Roman über die Zeit, über ihre Geschwindigkeit, ihre Langsamkeit und vor allem die Tatsache, dass dem Leben des Menschen die Rückspultaste fehlt – in einer Sprache, die hundert Jahre zu einem einzigen, schnellen, unvergesslichen Leseerlebnis macht.“ JULI ZEH

Corinna T. Sievers. VOR DER FLUT
Roman
„Judith verleiht ihrer sexuellen Gier in Sievers' Roman eine ganz eigene Sprache. Sievers findet dabei eine Erzählstimme, die wachsam wie frotzelnd immer wieder hinterfragt, welche Haltung und welche Wortwahl dem Thema angemessen sind.“ DEUTSCHLANDFUNK

Corinna T. Sievers. DIE HALBWERTSZEIT DER LIEBE
Roman
„Ein kurzer, ein knallharter Roman, wie ich ihn aus der Feder einer Frau noch nicht gelesen habe.“ DENIS SCHECK ÜBER MARIA ROSENBLATT

Jean-Philippe Toussaint. DER USB-STICK
Roman
„Es gibt erstaunlich wenige Romane, die für die technologischen und damit verbundenen psychosozialen Umbrüche der Gegenwart eine Form finden – *Der USB-Stick* ist einer.“ NIKLAS MAAK, FRANKFURTER ALLGEMEINE SONNTAGSZEITUNG

Jean-Philippe Toussaint. M.M.M.M.
Eine Romantetralogie
„Selten wurde in der aktuellen Literatur böser, lustiger, lakonischer und klüger über eine große und ratlose Liebe geschrieben. Nächster Nobelpreis, der nach dem für Modiano in die französischsprachige Welt geht, bitte an Toussaint.“
NIKLAS MAAK, FRANKFURTER ALLGEMEINE SONNTAGSZEITUNG

Jean-Philippe Toussaint. FUSSBALL
„Mit seinen literarischen Miniaturen veredelt Toussaint den Fußball, bringt ihn zum Glänzen.“ 3SAT KULTURZEIT

Jean-Philippe Toussaint. FERNSEHEN
Roman
„*Fernsehen* ist wie jeder Text von Toussaint vor allem ein Fest der Sprache.“
NEUE ZÜRCHER ZEITUNG

Goderdsi Tschocheli. DER SCHARLACHROTE WOLF
Roman
„Mit feinsinnigen Beschreibungen von Landschaften und mittels kluger Dialoge gehört dieser Roman sicher zu den lesenswerten Entdeckungen.“ BR2

Leopold Tyrmand. FILIP
Roman
„Eine großartige Überraschung und bereichernde Entdeckung. Dieser Filip wird als autofiktionaler Zeitzeuge der Kriegsjahre in Nazi-Deutschland in bester Erinnerung bleiben.“ DEUTSCHLANDFUNK

Sandra Weihs. DAS GRENZENLOSE UND
Roman
„Sandra Weihs ist eine Erscheinung. Einer dieser Rilke'schen Engel. Das Schreckliche und das Schöne in totaler gegenseitiger Bedingung. Vor ihr kann man sich nur verneigen.“ ANDREAS MAIER

Julia Wolf. WALTER NOWAK BLEIBT LIEGEN
Roman
„Ein mitreißender Roman. Der eigenwillige Sog, den *Walter Nowak bleibt liegen* entwickelt, gründet darauf, dass die Autorin hier Fallhöhen eines Lebens auslotet, gegen die ein Sprung vom Zehnmeterbrett harmlos erscheint.“ FRANKFURTER ALLGEMEINE ZEITUNG

Julia Wolf. ALLES IST JETZT
Roman
„Sätze wie offene Wunden. Wolf hat ein Buch geschrieben, das mitreißt, verstört und berührt.“ FRANKFURTER RUNDSCHAU

Marcia Zuckermann. MISCHPOKE!
Ein Familienroman
„So quirlig wurde ein Familienroman selten erzählt. Ein lebendiges Stück Zeitgeschichte.“ RBB BÜCHER UND MOOR

Titel der Originalausgabe
Les Émotions

Dieses Buch erscheint im Rahmen des Förderprogramms
des französischen Außenministeriums, vertreten durch
die Kulturabteilung der französischen Botschaft in Berlin

ausgesprochen französisch INSTITUT FRANÇAIS

Die Übersetzung dieses Werkes wurde gefördert durch
die Fédération Wallonie-Bruxelles.
Avec le soutien de la Fédération Wallonie-Bruxelles.

FÉDÉRATION WALLONIE-BRUXELLES

FSC www.fsc.org
MIX
Papier aus verantwortungsvollen Quellen
FSC® C014496

1. Auflage

Lektorat: Delf Schmidt
Herstellung und Umschlaggestaltung: Laura J Gerlach
Umschlagmotiv: Zeichnung von Jean-Philippe Toussaint
Satz: psb, Berlin
Druck und Bindung: GGP Media GmbH, Pößneck
Printed in Germany
ISBN 978-3-627-00287-9